Double enlèvement

Les aventures de Tom et Jessica

sous la direction de
Yvon Brochu

Les aventures de Tom et Jessica

1. Prise d'otages à Disneyland

2. Double enlèvement

6. Le kidnappeur des montagnes (À paraître)

Double enlèvement

Eric Wilson

Traduit de l'anglais par
Louise Lepage et Reynald Cantin

Données de catalogage avant publication (Canada)

Wilson, Eric

Double enlèvement (Les aventures de Tom et Jessica)
Traduction de: The Case of the Golden Boy

Pour les jeunes de 8 à 12 ans.

ISBN: 2-7625-8430-2

I. Lepage, Louise. II. Cantin, Reynald. III. Titre: Case of the Golden Boy. Français.

PS8595.I583C3814 1997 jC813'.54 C96-941086-7
PS9595.I583C3814 1997
PZ23.W54Do 1997

Sous la direction de Yvon Brochu, R-D création enr.
Illustration de la couverture: Sylvain Tremblay
Conception graphique: Claude Bernard
Révision-correction: Liette Petit
Mise en page: Anie Lépine

Dépôts légaux: 1er trimestre 1997
Bibliothèque nationale du Québec
Bibliothèque nationale du Canada

ISBN: 2-7625-8430-2 Imprimé au Canada

LES ÉDITIONS HÉRITAGE INC.
300, rue Arran, Saint-Lambert (Québec) J4R 1K5
Téléphone: (514) 875-0327
Télécopieur: (514) 672-5448
Courrier électronique: heritage@mlink.net

Cette traduction a été rendue possible grâce à une subvention du Conseil des Arts du Canada.

Les éditions Héritage inc. remercient le Conseil des Arts du Canada du soutien accordé à leur programme d'édition dans le cadre du programme des subventions globales aux éditeurs.

À tous les enfants du monde

CHAPITRE 1

Il faisait nuit quand Tom Biondi et ses amis arrivèrent aux abords de la maison abandonnée.

— Tout est clair? chuchota Tom.

Mathieu et Steve firent oui de la tête.

— Pas de questions?

Ils n'en avaient aucune.

— On synchronise nos montres...

Tom releva la manche de son parka.

— Silence! Compris?

Il observa la maison déserte. Aucun signe de vie. Il scruta en particulier la fenêtre du grenier où il avait perçu des mouvements, la veille. Comme personne ne l'avait cru, il avait alors proposé cette mission nocturne. Seuls Mathieu et Steve avaient eu le courage de le suivre.

Le printemps approchait, mais le froid sévissait encore sur Winnipeg. Les branches des arbres s'entrechoquaient dans le vent de l'hiver. Les étoiles brillaient dans un ciel d'encre.

Depuis un an, des rumeurs de fantômes circulaient à propos de cette maison abandonnée. Les piétons traversaient même la rue pour éviter de passer trop près. La veille, justement, un chien avait aboyé au moment où Tom marchait sur le trottoir, devant la maison. Levant les yeux vers la fenêtre du grenier, le jeune garçon avait cru y déceler un mouvement...

Tom fit un signe. Mathieu et Steve s'immobilisèrent.

— Des traces de pas! chuchota-t-il en indiquant une plaque de neige.

— Elles mènent vers cette fenêtre basse, remarqua Mathieu. La vitre est cassée!

Ils s'approchèrent. La fenêtre s'ouvrit facilement et les garçons sautèrent dans la cave.

Il faisait noir et une odeur de vieux journaux flottait dans l'air. Tom fit signe à Steve de retourner dehors faire le guet.

— Si on n'est pas revenus dans quinze minutes, tu vas chercher de l'aide.

À peine Steve était-il sorti que la maison se mit à gémir. La peur s'infiltra sous la peau de Tom. Une deuxième plainte, suivie d'un long craquement, traversa l'obscurité.

Dehors, Steve ne bougeait pas. Son haleine projetait de petits nuages dans l'air glacé de la nuit. Tout semblait calme. Tom aurait bien voulu faire la sentinelle. Mais c'était lui le leader. Il devait assumer ce rôle et montrer son courage... comme toujours.

Leurs lampes de poche allumées, les deux garçons avancèrent sur la pointe des pieds vers l'escalier. Au moment où ils levèrent les yeux, ils crurent entendre la maison leur chuchoter «Partez!».

Tom frissonna. Il regarda Mathieu. Il sentit le besoin de parler, mais la consigne était le silence. Il jeta un coup d'œil vers le haut des marches, sachant très bien qu'il devait les gravir. Demain à l'école, tout le monde allait leur poser tellement de questions.

Et si quelqu'un les attendait, en haut, armé d'un fusil... avec l'intention de les emprisonner dans le grenier... jusqu'à ce qu'ils crèvent de faim?...

Tom se tourna vers son ami. L'envie de parler l'oppressait. Peut-être devraient-ils faire demi-tour. On les épiait peut-être, de là-haut, une arme à la main. Et la maison qui chuchotait «Partez!»... Était-ce vraiment leur imagination?

Les marches craquèrent sous leurs pas. Ils atteignirent la cuisine. À travers les fenêtres sales, ils aperçurent le ciel qui s'assombrissait. Dans la pièce se détachaient un vieil évier émaillé et des armoires en bois. Le plancher était couvert de poussière.

Tout à coup, une petite bête apparut. Elle fit demi-tour et s'enfuit. Une souris!

Mathieu tremblait. Tom lui serra le bras et esquissa un sourire en le tirant vers le corridor. Le plan prévoyait que Mathieu ferait la sentinelle à l'étage pendant que Tom grimperait seul au grenier. Mais cela ne lui semblait plus une très bonne idée.

La maison ne craquait plus, ne gémissait

plus. Elle les épiait! Tom leva les yeux vers le haut de l'escalier. Tout à coup:

Bang! Bang! Bang!

Il sursauta. Mathieu agrippa le bras de Tom. Le bruit venait de là-haut!

— Qu'est-ce que c'était? chuchota Mathieu.

Bang! Bang! Bang!

Les coups retentissaient dans l'atmosphère sordide. Mathieu balbutia quelque chose et se sauva. Tom jeta un dernier coup d'œil vers le grenier, puis courut vers la cuisine. Mathieu dévalait l'escalier de la cave en criant:

— Steve! Au secours!

Tom descendit à son tour, certain d'être poursuivi par un homme armé. Mathieu se glissait par la fenêtre de la cave.

— Vite! Vite! cria Tom en le poussant dehors.

Ils traversèrent la cour et quand ils se sentirent en sécurité, Tom se retourna vers la maison. La fenêtre du grenier semblait l'observer, toujours remplie de mystère. Tom se promit de revenir.

— Ces coups! C'était quoi? demanda Mathieu.

— Aucune idée, répondit Tom.

— Qu'est-il arrivé? s'enquit Steve. J'étais là, à vous attendre, et vous voilà en train de courir comme des forcenés!

— Un fantôme! lança Mathieu, les yeux écarquillés. Il frappait à grands coups pour nous faire peur. Un avertissement!

Tom secoua la tête.

— Non, Mathieu, je ne pense pas que c'est un fantôme. Mais je peux vous annoncer une chose: demain, on va subir tout un interrogatoire à l'école.

— Tu peux le dire! s'exclama Mathieu. Qu'est-ce qu'on va faire?

— Simple! répliqua Tom. On va dire qu'on est sur une piste, mais que notre enquête doit rester secrète. Au-delà de ça, aucun commentaire!

— Tu as raison! commenta Steve.

Mathieu acquiesça également et ajouta:

— Si Gérald Logan découvre quelque chose, on est cuits. Tout le monde va rire de nous.

Tom regarda sa montre.

— Une chance que mes parents sont en voyage. Mais vous deux... Il est un peu tard, non?

— Misère! s'exclama Mathieu. Ils vont encore m'interdire de sortir!

— Moi aussi! grogna Steve. Allez, Tom, oublie ton roman policier. C'est trop épeurant pour moi.

— Jamais! Je suis sur une affaire passionnante, je le sens.

Voyant les autres douter, il ajouta:

— Vous allez voir!

Ils ignoraient que Tom Biondi ne recule jamais devant un mystère.

C'est dans sa nature.

CHAPITRE 2

Le lendemain matin, à table, Tom lisait *Les Griffes tordues*, son suspense préféré des frères Hardis. Assise en face de lui, sa sœur Jessica fit alors tomber le litre de lait. Le liquide blanc se répandit sur la table et coula vers Tom, qui bondit à temps de sa chaise…

Mais il s'était protégé avec le livre, qui en « essuya » une grande partie.

— Ah non! lança-t-il.

— Excuse-moi, Tom.

— Frank et Joe Hardis étaient sur le point d'entrer dans le repaire du roi Pirate!

— Mais, Tom, tu as lu ce livre avant Noël. Tu connais la fin.

Tom haussa les épaules.

— Toi, Jessie, tu comprends rien aux intrigues policières.

Après avoir nettoyé le dégât, ils allèrent discuter dans le salon avec leur oncle Henry qui restait avec eux pendant que leurs parents étaient en vacances à Mexico. Ils ne rentreraient que le lendemain.

Oncle Henry adorait raconter des histoires au sujet de personnes extravagantes, comme ce cousin qui vivait à Toronto dans un château de quatre-vingt-dix-huit chambres.

— Il cache des diamants chez lui, rigolait oncle Henry. Est-ce possible? Il se méfie des coffrets de sécurité. Quel personnage!

— J'aimerais bien visiter ce château, dit Jessica en nettoyant ses lunettes. Ah! ces saloperies! Toujours encrassées! Un jour, j'aurai des lentilles.

Pendant ce temps, Tom ouvrit un autre livre des frères Hardis. Quant à elle, Jessica retourna à son livre préféré. Plus romantique.

Leur lecture fut interrompue par l'arrivée intempestive d'une auto-patrouille devant la maison. Une portière claqua et un policier en uniforme se présenta à la porte.

— C'est l'agent Larson, annonça Tom. Il n'a pas l'air content.

— J'irai droit au but, commença le policier d'un ton bourru. Des jeunes sont entrés par effraction dans la maison déserte de la rue Borebank. Un voisin a tout vu et est venu porter plainte.

Il se tourna vers Tom et ajouta:

— Et mon premier suspect, c'est justement Tom Biondi, celui qui aime tellement jouer les détectives. Je me trompe?

Tom acquiesça gravement. Jessica restait silencieuse.

— Plus jamais, entendu? laissa tomber le policier.

Sans attendre la réponse, il se retira.

Tom était déçu. Il aurait voulu en savoir plus.

Tom l'avait bien prédit devant Steve et Mathieu. Dans la cour de récréation, les jeunes s'attroupèrent autour d'eux.

Le soleil se faisait plus ardent. Les parkas étaient ouverts. Gérald Logan se tenait devant Tom.

— Je parie que tu as eu la frousse de ta vie, Biondi.

— Tu te mets le doigt dans l'œil, Logan.

— Alors, que s'est-il passé dans la maison abandonnée?

— Je n'ai rien à dire, répliqua Tom.

Gérald se tourna vers les autres gars.

— Biondi a perdu les pédales dans la maison. Moi, je parie qu'il est sorti en criant comme un fou dans la nuit.

— Je n'ai rien à dire! répéta Mathieu.

— Moi non plus, ajouta Steve. Je n'ai rien à dire!

La tête haute, les trois jeunes détectives se dirigèrent vers l'école. On leur posa d'autres questions, mais bien vite on abandonna. «Je n'ai rien à dire» était la seule réponse qu'on obtenait.

Tom était déçu de la visite du policier. Cette vieille maison piquait sa curiosité. Il voulait y retourner, ne serait-ce que pour éclaircir le mystère des coups terrifiants qui avaient retenti dans le grenier. C'est qu'il était tellement curieux de nature.

Dans le hall, Tom rencontra Amanda Whitman, une jeune fille timide mais au regard amical. Elle avait de beaux cheveux brun foncé. Ils étaient les deux rédacteurs du journal étudiant qui, ce mois-ci, publiait la photo de tout le personnel de l'école Queenston.

— Amanda, tes photos sont formidables, dit Tom en lui souriant. Surtout la grimace de monsieur Nicholson.

— Juste avant de prendre la photo, je lui ai demandé d'annoncer un congé supplémentaire.

Tom éclata de rire. Il vit un homme s'approcher. Pete Tyler. Depuis de nombreuses années, il était surveillant à l'école. Il était très grand et ne souriait jamais.

— Allô! Pete, risqua Amanda. Comment astu trouvé ta photo dans notre journal?

— Correcte! répliqua-t-il. Mais je n'aime pas les photos. Elles me rappellent de trop mauvais souvenirs.

— Que veux-tu dire?

— Rien, lança-t-il en s'éloignant.

Tom et Amanda se regardèrent en souriant, puis se dirigèrent vers leur classe.

Quelques minutes plus tard, Diane Dorchester fit son apparition. Le cœur de Tom fit un bond. Ses cheveux blonds et ses yeux bleus monopolisaient souvent l'attention de Tom durant les cours. Une fois, elle l'avait surpris à l'observer ainsi. Tom était devenu rouge comme un piment.

Aujourd'hui, elle portait un gilet soyeux et une jupe à carreaux. Une des filles de la classe lui lança:

— Où as-tu trouvé cette jupe? En Écosse?

— Oui, mes parents y sont allés, l'été passé. C'est un beau pays.

— Écoute, Diane, continua la jeune fille, je me suis toujours demandé... Pourquoi fréquentes-tu Queenston? Vous êtes si riches chez vous. Tu pourrais aller à l'école privée?

— C'est moi qui veux ça. Mes amis sont ici.

Le professeur, monsieur Stones, réclama le silence et annonça son intention d'organiser une fête spéciale.

— J'apporterai de quoi manger, promit-il.

— On pourrait avoir de la pizza? demanda Diane. J'adore ça.

— La pizza me cause des brûlures d'estomac, dit monsieur Stones, mais j'en apporterai quand même.

— Oh! merci, monsieur!

Tous les élèves aimaient monsieur Stones qui avait été champion de basket-ball avant de devenir professeur. Il croyait fermement que les jeunes pouvaient réussir en tout dans la vie. Il les aidait à réaliser leurs rêves.

La journée se déroula rapidement. Quelques minutes avant la fin des cours, monsieur Stones leva les yeux de son bureau et fit un signe à Tom et à Charles:

— Vous pouvez y aller maintenant.

Quelques minutes plus tard, Tom enfilait, par-dessus son parka, le dossard orangé de brigadier scolaire. Au coin de Kingsway et

Waterloo, il devait interrompre la circulation afin de laisser traverser les jeunes. Malheureusement, ce n'était pas un endroit très achalandé. Il y avait peu à faire. Mais Tom était fier de porter ce dossard qui lui donnait le droit d'arrêter les automobiles.

Une neige légère recouvrait les rues, rendant la chaussée quelque peu glissante. Tom vérifia à quel point elle l'était en effectuant lui-même, sur ses pieds, quelques glissades. Puis, il attendit avec patience.

Les premiers élèves apparurent au loin. Tom était prêt à passer à l'action. Mais, comme d'habitude, la plupart des jeunes bifurquaient vers les rues Kingston et Niagara, fournissant ainsi beaucoup de travail aux brigadiers de cette intersection... et le laissant désœuvré.

C'est alors qu'il vit Diane se diriger vers lui. Elle portait un parka jaune qui égaya le regard de Tom. Il ajusta son dossard et en frotta fièrement la boucle. Il jeta un coup d'œil sur Waterloo. À son grand plaisir, une camionnette approchait. Elle parviendrait à l'intersection en même temps que Diane. Tom pourrait arrêter le véhicule afin qu'elle puisse traverser.

Quand la jeune fille atteignit l'intersection, Tom s'avança calmement sur la chaussée en levant le bras afin de signaler au chauffeur de s'arrêter.

Mais la surface était glissante et Tom s'était interposé trop tard. Il vit l'expression de surprise sur le visage du chauffeur. Celui-ci appliqua les freins et perdit le contrôle de sa camionnette qui se mit à déraper... vers les deux jeunes!

Chapitre 3

Diane laissa échapper un cri. Tom se jeta sur elle. Ils tombèrent ensemble dans la neige pendant que la camionnette heurtait la bordure du trottoir. Le véhicule rebondit et s'immobilisa un peu plus loin, au milieu de la rue.

Tom ouvrit les yeux. Aveuglé par l'éclat de la neige, il se demandait où il avait atterri. Soudain, il croisa le regard bleu de Diane.

— On n'a rien? demanda-t-elle.

— J'espère! répondit Tom.

Il ne voulait pas laisser voir qu'il avait fait une erreur. Mais il se sentait stupide. Jamais il n'aurait dû tenter de stopper cette camionnette.

— Espèce d'abruti!

En entendant la voix du chauffeur furieux, Tom se releva d'un bond. La figure de l'homme était aussi rouge que les cheveux frisés qui garnissaient sa tête. Malgré le froid, il portait des jeans et un léger blouson sur lequel était inscrit *Red*.

— J'ai failli vous frapper, Diane et toi. Tu es fou, ou quoi?

— Je m'excuse, dit Tom. On va appeler la police.

— La police? Pas question!

La porte d'une maison toute proche s'ouvrit

et un énorme chien se mit à courir dans leur direction. Voyant la bête se diriger vers lui, Red se réfugia dans sa camionnette. Sa figure était passée du rouge au blanc.

Derrière le pare-brise fendillé, Red, encore sous le choc, se mit à observer Tom.

— Je t'ai déjà vu quelque part, toi, lança-t-il en sortant la tête. La maison abandonnée, sur Borebank, est voisine de la mienne. Je t'ai vu y entrer avec tes copains. C'est pas un endroit rassurant, surtout la nuit. Tu as du courage...

Il fit une pause, puis ajouta:

— Mais tu es un peu trop fouineux à mon goût.

Les yeux de Red devinrent alors très sérieux:

— Je te conseille de rester loin de cette maison, mon gars.

N'attendant aucune réplique, il embraya et s'éloigna.

— Tu as déjà vu ce gars, Diane?

— Non, jamais.

— Curieux, marmonna Tom. Il connaît ton prénom. Je me demande comment.

Cette nuit-là, Tom retourna seul dans la cave de la maison abandonnée. Il se mit à l'écoute des gémissements et des craquements de cette inquiétante habitation. Il sentait les mêmes frissons de peur monter en lui.

Mais cette fois, il était décidé. Il se rendrait au grenier.

S'efforçant de faire abstraction des bruits, Tom gravit l'escalier de la cave. Cette fois, il monta dans le salon où il balaya du faisceau de sa lampe de poche les quelques meubles qui y avaient été abandonnés.

Tom s'engagea dans l'escalier. Le palier était recouvert d'une épaisse couche de poussière qui faillit le faire éternuer. Plus que quelques marches avant d'atteindre le grenier...

Bang! Bang! Bang!

Les mêmes coups terribles retentissaient encore... là-haut!

Tom scruta l'obscurité, et se mit à monter. Son cœur battait à tout rompre. Sa respiration était saccadée.

Le bruit retentit de nouveau.

Bang! Bang! Bang!

Mais Tom continua à monter.

Le grenier était plutôt petit... et vide! Tom repéra une petite armoire où étaient suspendus quelques cintres de métal. Le vent souffla alors par la fenêtre ouverte. Les stores furent subitement soulevés et vinrent heurter le mur:

Bang! Bang! Bang!

— C'était ça, le bruit! Tout un fantôme!

Quand il revint vers l'escalier, le faisceau lumineux d'une lampe de poche balayait les pièces du bas. Il entendit des voix... des hommes montaient!

Des yeux, Tom chercha une cachette. La petite armoire était le seul endroit possible. Il y pénétra, mais la porte ne fermait pas complètement. Par l'ouverture, Tom pouvait voir osciller la lumière. Ils arrivaient! Deux hommes entrèrent dans la pièce.

L'un d'eux était Red, le chauffeur de la camionnette. Il fumait une cigarette et portait encore des jeans et le même blouson clair. L'autre homme était vêtu d'un parka bordé de fourrure blanche. Mais impossible de le reconnaître! Une cagoule de ski lui couvrait le visage.

— Je n'aime pas ça, chuchota-t-il.

Tom, dans l'armoire, avança légèrement la tête afin de mieux entendre. Cette voix lui semblait familière.

— Tu vas faire exactement ce que je te dis, fit Red d'une voix autoritaire, sinon ta famille va payer. Je prépare le coup depuis si longtemps. On ne peut plus reculer maintenant. Compris?

L'autre homme acquiesça d'un signe de tête et Red lui tendit une enveloppe.

— Les consignes sont à l'intérieur. Tu les mémorises, puis tu les détruis. Notre prochaine rencontre aura lieu à seize heures, samedi, au *Golden Boy.*

Le lendemain, après l'école, Diane s'arrêta à l'intersection de Tom afin de bavarder un peu.

— Le rouquin est revenu aujourd'hui?

Un peu embarrassé, Tom baissa les yeux.

— À vrai dire, il est arrivé quelque chose...

Il lui raconta le curieux rendez-vous auquel il avait assisté dans le grenier de la maison mystérieuse. Il ajouta:

— Mes parents arrivent du Mexique ce soir. Je vais leur en parler.

— Tu crois que ces deux hommes sont des criminels?

— Possible.

— Fais attention, Tom, dit Diane en lui touchant la main.

— Ça va aller, répliqua-t-il avec courage. Ne t'inquiète pas.

Pendant un instant, les yeux bleus de la jeune fille scrutèrent son visage. Enfin, elle sourit.

— Salut, Tom!

— Salut!

Encore trop nerveux pour prononcer son prénom, il la laissa s'éloigner sans un mot de plus. Le parka jaune disparut dans une rafale de vent et de neige. Tom ressentit alors une étrange appréhension.

Se tournant vers l'école, il jugea qu'aucun autre jeune n'allait venir à son intersection. Il se hâta de rejoindre Diane.

Il savait qu'il était interdit de quitter ainsi son poste, mais quelque chose lui disait qu'il devait rester près de la jeune fille.

La neige lui fouettait le visage alors qu'il longeait l'avenue Waterloo. Après avoir traversé Academy Road, une rue commerciale très achalandée, Diane bifurqua vers un quartier résidentiel. Toujours habité par une inquiétude étrange, Tom la suivait à distance respectable. C'est alors qu'une petite fourgonnette brune surgit tout à coup, s'approcha et s'immobilisa à la hauteur de la jeune fille. Sur les vitres peintes des portières arrière, on pouvait lire l'inscription *Blind Driver.* Tom ne pouvait voir le conducteur.

Diane se pencha et regarda par la fenêtre ouverte, côté passager.

— Oh! bonjour! Ça me fait plaisir de vous voir.

Le chauffeur dit quelque chose que Tom ne put entendre. S'il s'approchait davantage, Diane le verrait et penserait qu'il la suivait comme un petit chien.

— Merci, lança Diane, joyeuse. Il fait pas mal froid. J'accepte.

Et elle monta dans la fourgonnette, qui redémarra en trombe.

* * *

De retour à son intersection, Tom continuait d'être envahi par un étrange malaise. Il avait beau vouloir chasser ses pensées noires, son inquiétude persistait.

Lorsqu'il arriva à la maison et qu'il se défit de son dossard de brigadier, il se sentait encore vaguement inquiet. Triste et songeur, il revoyait sans cesse Diane monter dans la fourgonnette.

CHAPITRE 4

Tu as entendu?

Steve criait et gesticulait en courant vers Tom.

— Tu as entendu?

Il s'arrêta, cherchant à reprendre son souffle.

— Diane Dorchester a disparu!

Tom fixa Steve, à la recherche d'un signe indiquant qu'il s'agissait d'une plaisanterie, mais il ne décela sur les traits de son visage que l'énervement et la peur.

— C'est vrai, je te jure! On l'a annoncé à la radio ce matin. Diane a disparu. La police la recherche.

Tom était trop saisi pour parler. Diane? Qui avait intérêt à kidnapper Diane?

— Ils utilisent des chiens policiers, ajouta Steve. Ils fouillent les bois, ils établissent des barrages routiers... Ils n'ont rien trouvé!

Tom n'écoutait plus ce que lui disait son ami. La scène d'hier lui revenait en mémoire. Il se rappelait aussi l'étrange pressentiment qui l'avait incité à suivre Diane... et la petite fourgonnette brune qui...

— Allez, suis-moi! lança-t-il enfin à Steve.

Ils coururent vers l'école. Dans la cour de récréation, il virent trois policiers sortir, sauter dans leur auto-patrouille et s'éloigner, en faisant fonctionner leurs gyrophares. Les élèves se tenaient en petits groupes. Ils bavardaient à voix basse. Tom décrivit la scène de la fourgonnette à Steve et à quelques autres, puis il pénétra seul dans l'école.

Les corridors étaient déserts. Tom chercha à ne pas s'inquiéter inutilement pour Diane mais, quand il vit son bureau inoccupé, une tristesse subite l'envahit. Hier, elle était là, et voilà qu'elle n'y était plus.

— Oui, Tom? demanda monsieur Stones, assis derrière son imposant bureau en chêne. Que se passe-t-il?

La lumière du matin dessinait des ombres étranges sur le visage du professeur. Prudemment, Tom ferma la porte de la classe.

— Je peux vous parler, monsieur?

— Mais bien sûr, Tom.

D'habitude, monsieur Stones avait une voix basse et assurée, mais là, sa voix semblait chancelante, comme brisée. Même s'il cherchait à le cacher, tout le monde savait qu'il avait de l'affection pour Diane. En approchant du bureau, Tom se sentit triste pour lui.

— J'ai des renseignements, s'empressa de dire Tom. Au sujet de Diane.

— Quoi? s'exclama le professeur. Tu es sérieux?

— Oui, monsieur.

Malgré son inquiétude, Tom se sentait excité d'être mêlé à ce drame.

— Ce n'est pas le temps de plaisanter, tu sais.

— Oh non! monsieur!

Le professeur se leva.

— Allons au bureau du directeur. Il faudra sûrement rappeler les policiers.

* * *

Dans le corridor, le parquet reluisait. L'homme et l'enfant marchaient en silence. Tom se tourna vers son professeur et dit:

— Pauvre Diane!

Monsieur Stones acquiesça.

— Oui, pauvre Diane! Et que dire de sa famille et de tous les siens? Plusieurs personnes vont souffrir de sa disparition. Même le malfaiteur va souffrir. Il sera hanté par la peur dès qu'il entendra une auto-patrouille passer. Il deviendra obsédé par sa capture et la prison qui l'attend. Oui, il y en a beaucoup qui vont souffrir.

Tom trouvait toutes ces paroles bien étranges.

— On va la retrouver, monsieur, c'est certain.

Le regard sombre de monsieur Stones se tourna vers Tom.

— Je sais que tu adores lire tous les romans à énigmes des frères Hardis, mais je te conseille de ne pas te mêler de cette affaire. Le service de police pour lequel ton père travaille est très efficace. Ils vont la retrouver.

Tom approuva, mais dans sa tête, il se disait : «Oui, mais ils auront peut-être besoin de mon aide.»

Il était comme ça, Tom Biondi.

* * *

Le directeur était grand et maigre, aussi le surnommait-on secrètement «Les Os». Debout devant la fenêtre de son bureau, il regardait les flocons de neige tourbillonner dans le ciel gris. Les arbres semblaient frissonner sous le vent glacial. Tom était assis sur une chaise en bois. Monsieur Stones se tenait debout derrière lui. Ils attendaient la venue des policiers qu'on venait de rappeler.

— Pauvre Diane! dit monsieur Stones.

Des pas lourds se firent alors entendre près du bureau. La porte s'ouvrit et l'agent Larson, accompagné du père de Tom, entra. L'inspecteur Biondi était en uniforme de policier. Il tenait à la main sa casquette. Tout juste de retour de Mexico, il était bronzé. Il s'adressa d'abord à son fils:

— Ça va, mon gars?...

— Oui, papa, ça va.

— Je viens d'apprendre que tu détiens des renseignements utiles.

En s'assoyant lui-même, le directeur fit un geste vers deux chaises.

— Je vous en prie, messieurs, prenez place.

Je n'ai pas encore entendu le témoignage de Tom. Mais monsieur Stones m'assure qu'il est de la plus haute importance.

— Qu'est-il donc arrivé, mon gars?

— Eh bien, hier, après l'école, Diane est venue me rejoindre à mon intersection.

— Quelle heure était-il? demanda l'agent Larson.

— Très exactement quinze heures vingt-deux. C'est l'heure à laquelle Diane passe chaque jour.

— On voit que tu t'intéresses de près à ses allées et venues.

— Euh! oui, peut-être, balbutia Tom.

— Allez, continue, mon gars.

— Eh bien, après le passage de Diane, je... euh!...

Tom se rendait compte qu'il devait maintenant avouer sa faute.

— Eh bien, j'ai abandonné mon poste afin de la suivre. Je sais que je n'aurais pas dû, mais je savais qu'aucun autre élève n'allait se présenter à mon intersection.

Monsieur Nicholson eut un mouvement de désapprobation. Il écrivit quelque chose sur un bout de papier, puis attendit la suite du récit.

— Je n'étais pas loin de Diane quand...

Tom fit alors une pause, se remémorant la scène de la fourgonnette... Si seulement il avait crié: «Ne monte pas!»

— Une petite fourgonnette s'est arrêtée

près d'elle et quelqu'un, à l'intérieur, lui a offert de monter.

— Tu es sûr de ce que tu dis? s'exclama le père de Tom, surpris.

— C'est ce que j'ai vu.

— Voilà un indice important. Maintenant, Tom, réfléchis davantage. Y a-t-il autre chose?

Tom se sentait heureux de l'intérêt que lui démontrait son père. Il se mit à fouiller dans sa mémoire.

— Le chauffeur a dit quelque chose à Diane.

— Le chauffeur! intervint l'agent Larson. Tu l'as vu?

— Non, je ne l'ai pas vu.

Tom hésitait. Tout ceci devenait embarrassant. Il devait faire abstraction de ses sentiments dans cette affaire.

— Eh bien, je ne voulais pas que Diane me voie. Je ne me suis pas assez approché.

— Dommage! dit l'agent Larson. Si tu avais vu le chauffeur...

— Par contre, lança Tom, j'ai un autre indice important. J'ai remarqué deux mots sur les portières arrières.

— Quels mots? demanda monsieur Stones.

— *Blind Driver.*

— *Blind Driver?...* Mais cela signifie «Chauffeur aveugle». Allons, Tom, tu veux rire? Ce n'est pas encore une de tes mauvaises plaisanteries, j'espère.

— Oh non, monsieur! Je suis sûr de ce que je dis.

— Mais comment un chauffeur peut-il être aveugle? Ça n'a pas de sens. Tu as dû faire erreur. Comment un aveugle peut-il conduire?

— Je suis d'accord, approuva monsieur Nicholson.

Se tournant vers l'inspecteur Biondi, le directeur ajouta:

— À onze ans, votre fils a déjà toute une imagination. Mais là, il exagère.

— Non, s'exclama Tom en se tournant vers son père. J'ai réellement vu les deux mots. *Blind Driver!*

L'agent Larson secoua la tête.

— J'ai des doutes, inspecteur. Votre fils adore les énigmes policières. Cela n'en fait pas un témoin sûr. Ces deux mots n'ont aucun sens.

— J'ai confiance en mon fils, répliqua monsieur Biondi.

L'agent Larson se tourna alors vers Tom et lui demanda:

— Et le numéro de plaque de la fourgonnette, tu t'en souviens?

— Non, je regrette, dit Tom en regardant son père. Je n'ai pas vu le numéro de la plaque. Je ne savais pas que Diane était en train de se faire enlever.

— Je comprends, mon gars... As-tu entendu quelque chose?

— Diane a dit «Allô!» au chauffeur, puis elle a accepté son offre de monter. Elle semblait le connaître.

— Ce chauffeur pourrait aussi être une femme...

— Oui, possible, approuva Tom.

Déçu, l'agent Larson secouait la tête. Par contre, l'inspecteur Biondi souriait.

— Tu nous as donné de bien précieux indices, Tom.

— Quant à moi, repartit l'agent Larson, le numéro de la plaque m'aurait grandement aidé. Ça, ç'aurait été un indice précieux.

En entendant la remarque de l'agent, Tom sentit la colère monter en lui.

— Au moins, moi, j'ai vu la fourgonnette! Au moins, moi, je vous ai mis sur une piste! Et vous, pourquoi vous n'avez pas protégé Diane? C'est votre travail, non? Et pourquoi vous n'êtes pas à sa recherche, au lieu de perdre votre temps à rire de mon témoignage? J'essaie d'aider, au moins, moi!

L'inspecteur Biondi tapota le genou de son fils.

— Tom, calme-toi. Tout va bien. Si tu veux vraiment devenir un détective, il te faudra apprendre à maîtriser tes émotions.

L'homme se leva en ajoutant:

— Ton témoignage nous sera très utile, Tom, tu peux en être sûr.

Monsieur Nicholson s'éclaircit alors la voix et s'empara d'un coupe-papier. Il se mit à se tapoter légèrement les doigts avec l'outil de métal. Un frisson traversa Tom, qui savait que ce geste annonçait toujours, pour les élèves de l'école, des problèmes avec le directeur.

— Je m'inquiète au sujet de votre fils, monsieur Biondi, commença-t-il.

— Ah oui? s'étonna l'inspecteur.

— Il ne s'agit pas de son rendement scolaire, qui est tout à fait satisfaisant, mais de lui et de Gérald Logan... les deux comiques de l'école. Leurs petites farces ne me plaisent pas du tout. Récemment, une rumeur a circulé à l'effet que j'aurais perdu mon emploi. Les jeunes s'en sont amusés et ils ont composé une chanson de réjouissance à ce sujet. Ça ne m'a pas plu du tout.

Monsieur Nicholson portait de fines lunettes rondes cerclées de métal. Peu épais, ses cheveux commençaient à grisonner. Quelques rides marquaient son visage autour de la bouche et au coin des yeux.

— En plus, Tom vient d'avouer avoir dérogé aux règles des jeunes brigadiers, continua-t-il. Il a abandonné son poste.

— Mais... tenta de protester Tom.

Le directeur leva la main.

— Il est vrai que cela a conduit à quelques indices utiles, mais il reste quand même qu'il n'a pas respecté le règlement.

Tom baissa les yeux.

— Ainsi donc, acheva monsieur Nicholson, je dois exiger sa démission comme brigadier.

— Ah non! protesta vigoureusement Tom. C'est pas juste! J'adore ce travail.

Monsieur Biondi posa sa main sur l'épaule

de son fils.

— Écoute, Tom, on reparlera de tout ça plus tard, à la maison. Pour l'instant, il faut que tu te calmes.

— Mais, papa...

— On en reparlera plus calmement. Et tout va rentrer dans l'ordre.

Tom baissa la tête.

— Bien, ajouta le directeur. Après l'école, tu rendras ton dossard.

Tom quitta le bureau en retenant ses larmes. Les murs du grand corridor étaient tapissés d'œuvres d'élèves, de collages multicolores. Toutes ces formes dansaient devant le regard embrouillé du jeune garçon.

— Tom!

Des pas accouraient vers lui. C'était monsieur Stones.

— Je regrette, mon petit Tom. J'aurais dû te prendre au sérieux. C'est que je n'arrive pas à imaginer un aveugle au volant d'une fourgonnette. Je suis sûr qu'il y a une autre explication. Je crois que tu as vraiment vu ces deux mots. Les vrais bons détectives ne font pas de telles erreurs.

Tom se sentait mieux.

— On va retrouver Diane, monsieur, vous pouvez compter sur moi.

* * *

La classe était particulièrement calme. Les

jeunes chuchotaient entre eux. Tous les regards se levèrent sur Tom et le professeur qui revenaient. Au moment où Tom s'assit, il vit un crayon sur le bureau de Diane. Hier encore, ses doigts le tenaient et écrivaient avec cet objet maintenant inutile.

— Du nouveau? lança Gérald, le regard sérieux.

— Non, rien de neuf, intervint monsieur Stones, à l'exception de la petite fourgonnette brune que Tom a aperçue.

Le professeur balaya la classe du regard.

— Aujourd'hui, il faut avoir de bonnes pensées pour Diane.

La voix de l'homme tremblait. Était-il sur le point de pleurer?

— C'est une tragédie pour nous tous, parvint-il à dire.

Steve leva alors la main.

— Vous croyez qu'elle a disparu pour toujours, monsieur?

Monsieur Stones secoua la tête.

— Non, je crois que Diane a été enlevée pour de l'argent. Elle sera de retour parmi nous, saine et sauve, dès que la rançon aura été versée.

Son regard se tourna vers la fenêtre.

— Reste à savoir si les kidnappeurs vont être arrêtés...

— Vous pouvez en être certain, lança Tom. Ils n'ont aucune chance de s'en tirer.

❖ ❖ ❖

Peu de temps après, une affiche fut publiée. Le visage de Diane apparaissait sous le mot DISPARUE, en grandes lettres. Placardé dans les magasins, sur les lampadaires et même dans les classes de l'école, le regard de la jeune fille poursuivait Tom partout où il allait.

Brigitte Lahaie leva la main.

— Monsieur Stones, toute cette histoire m'énerve. On n'entend parler que de l'enlèvement de Diane. J'ai peur qu'on me kidnappe.

— Brigitte, ça prend du courage pour avouer sa peur comme tu viens de le faire. Sois vigilante. Pense à ce que tu ferais en cas d'urgence, et... profite de la vie!

S'adressant à toute la classe, le professeur ajouta:

— Vous devriez vous sentir fiers qu'on vous demande d'aider à retrouver Diane.

— Et si nous ne la retrouvons pas? intervint Yan Bennett.

— Alors nous aurons essayé, comme tout le monde. Toute la ville est mobilisée.

❖ ❖ ❖

Ce jour-là, après l'école, Tom se sentait mal. Plus de dossard de brigadier, plus de responsabilité. Marchant seul en direction de chez lui, il s'arrêta pour bavarder avec Pete Tyler. Le surveillant d'élèves était en train de placarder une affiche sur un poteau, rue Kingsley.

— J'aime vraiment pas ça, dit Pete. Diane est la fille la plus sympathique de l'école. Son père doit payer la rançon. Et vite à part ça... Mais peut-être qu'il le fera pas.

— Mais pourquoi? demanda Tom.

— C'est un avare... et un tricheur.

— Comment peux-tu dire de telles choses?

— Ça, mon gars, c'est pas tes affaires. Maintenant, laisse-moi travailler.

CHAPITRE 5

Le samedi après-midi suivant, Tom refusa d'accompagner ses parents et sa sœur Jessica dans les magasins. Il préférait lire *Les Griffes tordues* — dont les pages avaient séché — en savourant un morceau de gâteau au chocolat et un grand verre de lait.

Il monta dans son antre, au grenier, sous le toit en pente. Sur la porte, l'avertissement était sans ambiguïté :

ON N'ENTRE PAS!
ET «ON», C'EST TOI!

Tom ouvrit le cadenas, vérifia la présence de la bande de papier qu'il avait glissée dans le cadre de la porte. Elle était toujours là, ce qui signifiait qu'aucun intrus n'avait tenté de pénétrer dans la pièce.

Les murs étaient tapissés de couvertures des livres des frères Hardis. Quelques affiches illustraient le code morse et les signaux sémaphoriques. Des cartes du Canada, du Manitoba et de Winnipeg côtoyaient le portrait de Sherlock Holmes. Mais les affiches les plus précieuses pour Tom, c'était les portraits des dix criminels les plus recherchés au Canada.

Tom étudia encore les dix bouilles patibulaires afin de graver dans sa mémoire chacune des particularités physiques de ces têtes de tueurs: les cicatrices, la forme particulière du nez, le regard étrange de celui qui semblait avoir un œil de verre... Tom sentait qu'un jour, il reconnaîtrait un de ces criminels, participerait à son arrestation et deviendrait un héros national. Il en rêva pendant quelques minutes, et se mit au travail.

Devant son bureau, Tom réfléchissait au kidnapping de Diane. Ou la rançon serait payée, ou les criminels seraient arrêtés. Dans les deux cas, Diane pourrait retourner chez elle. Mais dans quel état?

Tom avait toujours eu un faible pour Diane. Elle était capable de se défendre à l'école. D'ailleurs, personne n'avait le goût de s'en prendre à elle. Presque tous l'aimaient bien. Elle était douce et juste. Elle croyait en elle-même. Toutes ces qualités démontraient une force de caractère. Tom était persuadé qu'elle allait s'en sortir indemne.

Mais qui étaient donc ces criminels?

Tom prit quelques notes au sujet de la fourgonnette brune afin de raviver ses souvenirs. Une semaine plus tôt, la camionnette de Red avait failli frapper Diane... dont l'homme connaissait le nom.

Le kidnapping pouvait-il avoir un lien avec cette mystérieuse rencontre entre Red et l'homme à la cagoule de ski? Tout à coup, Tom s'arrêta d'écrire. Il se rappelait! Les deux hommes s'étaient donné rendez-vous à seize heures, aujourd'hui, au café *Golden Boy*...

Tom regarda sa montre. C'était dans deux heures!

L'action aussi faisait partie de la nature de Tom Biondi.

***

Peut-être pour une dernière fois, l'hiver sévissait sur la ville. Les flocons étaient énormes et mouillés. Ils s'accrochaient aux branches qui ployaient sous le poids. La chaussée devenait glissante.

Au centre-ville, la circulation était pénible. Lentement, sur le pont, de longues files de voitures traversaient le fleuve Assiniboine. Tout près s'élevait l'impressionnant édifice où le gouvernement du Manitoba siégeait. Sur un dôme, bien au-dessus, était plantée la statue dorée d'un jeune garçon serrant une gerbe de blé sur sa poitrine. Dans son autre main, l'enfant brandissait un flambeau qui scintillait à travers la neige.

Non loin se multipliaient les rues sombres. Les affaires n'y étaient guère florissantes et les gens ne semblaient pas très heureux. Quelques clients avaient pris place au café *Golden Boy*, un endroit miteux ainsi baptisé à cause de la statue à proximité. Ils étaient assis au comptoir et parlaient politique en mâchouillant un beignet de la veille et en sirotant un café pâlot.

Un courant d'air froid traversa le café. Un

étranger muni d'un porte-documents se tenait dans l'embrasure de la porte. L'homme était petit et ses cheveux roux étaient lissés vers l'arrière. Ses cils étaient noirs comme la nuit et il portait une moustache. Les clients auraient pu croire qu'il s'agissait d'un représentant cherchant à se réchauffer. En fait, il s'agissait de Tom Biondi.

Tom enleva son parka. En dessous, il portait veston, chemise et cravate. Il avança dans le café et se glissa sur une banquette. De là, il inspecta les lieux, cherchant à tout voir. Il se tourna vers le miroir craquelé, au bout de sa table, afin d'examiner le personnage louche qui s'y reflétait. Avait-il exagéré le déguisement? Finalement, non. Ainsi, personne ne pouvait deviner qu'un jeune garçon se cachait sous cette fausse apparence.

Une serveuse s'approcha avec son carnet de factures.

— Oui, mon jeune! Ce sera quoi?

— Un verre de lait, marmonna Tom.

La serveuse leva les yeux de son carnet de factures et demanda:

— Et la formule magique?

— S'il vous plaît.

Pendant qu'elle s'éloignait, Tom remarqua un homme assis au comptoir. Était-ce Red déguisé?

La serveuse revint avec le lait servi dans un vieux verre. Le liquide était tiède, mais Tom décida de ne pas se plaindre. Il en avala quelques gorgées. Il faillit s'étouffer.

Crachant et toussant, Tom déposa le verre et s'essuya la bouche. Tout le monde le regardait, mais il décida de ne rien dire et de reprendre sa contenance d'homme d'affaires.

L'horloge au-dessus du juke-box indiquait seize heures une quand Red apparut dans la porte. Il s'assit au comptoir et commanda un café. Tout en brassant le liquide noir avec une cuiller, il jetait parfois un regard indifférent à la neige qui tombait dehors.

Quelques minutes s'écoulèrent ainsi.

Soudain, le visage de Red s'illumina. Il venait d'apercevoir la fourgonnnette brune qui s'immobilisait de l'autre côté de la rue. Sur les vitres arrière, deux mots: *Blind Driver!* Tom aussi avait tout vu.

Après avoir jeté quelques pièces sur le comptoir, Red s'avança vers la porte. Dès qu'il fut dehors, Tom passa à l'action. Après avoir cherché fébrilement de l'argent pour payer, il saisit son parka et s'élança vers la sortie, juste à temps pour voir Red monter dans la fourgonnette. Le chauffeur échappait encore à la vue de Tom. Pour le voir, Tom devait traverser la rue.

Une fois de l'autre côté, accroupi, l'enfant déguisé s'approcha du véhicule. Dans le rétroviseur extérieur, il aperçut une tête... couverte d'une cagoule de ski.

La vitre étant baissée, Tom pouvait tout entendre:

— Je suis terrifié, se lamentait le chauffeur masqué. C'est l'enfer. J'ai sans cesse peur d'être arrêté. Vous m'avez entraîné dans cette affaire de force. Je suis perdu.

— Tu ne fais aucunement pitié, dit Red d'une voix méprisante. Tu n'es qu'un peureux méprisable. Un mou! Dans trente minutes, je vais ramasser la rançon chez la *Comtesse* et je disparaîtrai de ta vie...

— Attends!

L'homme à la cagoule venait de repérer Tom.

— Il y a un petit gars qui nous espionne. Je le connais! Il va me dénoncer!

— Avec ce que tu portes sur la tête? Impossible. Allez, tire-toi. On se reverra chez la *Comtesse*. Moi, je m'occupe du petit morveux.

Red descendit et ferma la portière. Aussitôt, la fourgonnette s'éloigna. Le regard menaçant de Red se tourna vers Tom.

— Tiens, tiens, mon petit brigadier préféré... Il me semble t'avoir sérieusement averti, le jeune! À ce que je vois, tu te mêles encore de mes affaires. Eh bien, cette fois-ci, tu vas «vraiment» le regretter.

L'homme serra les poings et avança vers Tom qui déguerpit, vif comme un chat.

L'enfant descendit la rue, se faufilant entre les autobus et les voitures les plus lentes. Il tourna la tête. Par-dessus son épaule, il vit Red, toujours à sa poursuite. L'homme gagnait du terrain. C'est alors que Tom repéra le terminus d'autobus Greyhound. Avec l'énergie du désespoir, il accrut sa foulée et s'engouffra dans l'édifice.

Le terminus était bondé de voyageurs. Tom s'approcha d'un homme coiffé d'une vieille casquette. Sur son uniforme, il arborait les mots «Gardien de sécurité».

— Aidez-moi! dit Tom, essoufflé. J'ai découvert le kidnappeur de Diane Dorchester!

— Quoi? s'étonna le gardien.

— Oui, expliqua Tom en pointant Red, qui entrait dans le terminus. C'est lui! Arrêtez-le!

Red s'approchait avec un large sourire.

— Mon fils est en train de vous en conter une bonne, hein? Quel farceur!

L'homme en uniforme se tourna vers Tom.

— Cet enfant prétend que vous avez kidnappé une jeune fille.

Le sourire de Red était très convaincant.

— Ah! je vois. Il joue au détective, maintenant. Regardez la moustache qu'il s'est collée sous le nez... et les sourcils qu'il s'est noircis avec du cirage à chaussures. Tout le temps en train de se déguiser! Vous voyez bien que c'est mon fils. On a les mêmes cheveux roux.

Red saisit alors le bras de Tom.

— Allez, viens, fiston, on rentre à la maison.

De son pied, Tom écrasa les orteils de Red qui poussa un cri et relâcha sa prise. Se libérant d'un geste brusque, Tom s'enfuit. Il bondit hors de l'édifice, se faufila entre deux autobus et traversa la rue. Ayant repéré une grande poubelle, il se glissa derrière et observa un moment le terminus.

Par une des fenêtres, il vit que les deux hommes discutaient encore. Red sortit enfin du terminus et sauta dans un taxi qui disparut dans la circulation.

Tom regarda sa montre. Il ne lui restait que dix minutes pour se rendre chez la *Comtesse*.

* * *

Le vent tourbillonnait et Tom progressait difficilement d'une rue à l'autre. Il atteignit enfin la gare de chemin de fer. Immense et soutenue par de grands piliers, elle faisait face à un grand stationnement où se trouvait immobilisée la *Comtesse de Dufferin*, l'une des anciennes locomotives à vapeur qui avaient tiré ses wagons dans les Prairies, et au-delà des Rocheuses jusqu'à Vancouver, sur la côte du Pacifique.

Aujourd'hui, la *Comtesse* n'était plus en service. Elle était devenue le lieu de prédilection des enfants qui venaient y grimper.

Tom scrutait la *Comtesse* lorsqu'il aperçut quelqu'un qui sortait de la cabine du conducteur. C'était un homme élégant portant un manteau sombre et un chapeau chic... Monsieur Dorchester! Le père de Diane!

Il descendait de la *Comtesse* par la petite échelle. Parvenu en bas, il sauta dans la neige et se dirigea rapidement vers une automobile qui s'éloigna.

C'est alors que, surgissant d'une rue sombre, apparut la fourgonnette conduite par l'homme à la cagoule. Le véhicule s'immobilisa près de la *Comtesse*. Red en descendit, gravit l'échelle de la locomotive et disparut dans la cabine.

Tom se rappelait les mots de monsieur Stones: «Quand tu as besoin d'aide, cherche quelqu'un en uniforme, ou un chauffeur de taxi, ou quelqu'un qui peut entrer en contact avec la police.»

Quelle chance! À l'autre bout du stationnement, Tom remarqua des taxis en attente. Mais pour s'y rendre, il lui fallait passer tout près de la *Comtesse*.

Rassemblant son courage, Tom se mit à courir. Au moment où il longeait la vieille locomotive, il leva la tête et son regard croisa celui de Red, dans la cabine. Sous son bras, le bandit serrait un sac en papier!

— Encore toi! Petit morveux! Arrête!

Tom ne s'arrêta pas. Pataugeant maladroitement dans la neige, le garçon fit de grands gestes en direction du premier taxi. La chauffeuse baissa la vitre.

— Qu'est-ce que tu as à la figure? Quel gâchis!

— Pas le temps de vous expliquer! Vite, appelez la police.

— Mais pourquoi? demanda la femme en

saisissant le microphone de son émetteur-récepteur.

— Pas le temps de vous expliquer, je vous dis! Appelez!

Tom se retourna vers la *Comtesse*. Red en était redescendu et se tenait debout, à côté, le paquet toujours bien serré sous son bras.

— Les policiers arrivent! cria Tom. Vous êtes pris!

Sans un mot, Red sauta dans la fourgonnette. Dérapant et zigzaguant, le véhicule quitta le terrain de stationnement. De l'intérieur de son taxi, la chauffeuse poussa la portière du passager et pressa Tom de monter.

— On va les suivre, lança-t-elle.

Tom bien assis, elle écrasa l'accélérateur.

— Je suis déjà en contact avec la police, ajouta-t-elle.

Tournant au premier coin de rue, le taxi fonça vers le quartier commercial. Ils aperçurent alors la fourgonnette brune qui avançait difficilement dans la tempête. Le taxi gagnait du terrain. Soudain, la fourgonnette se mit à déraper, pivota sur elle-même et s'échoua sur un banc de neige.

Sous le véhicule, les roues tournaient dans le vide. La fourgonnette ne pouvait sortir de cette impasse. Red se précipita à l'extérieur. À ce moment-là, le taxi s'immobilisa non loin. La chauffeuse et Tom en sortirent. Une sirène retentissait tout près.

— Les policiers arrivent! cria la chauffeuse

en direction de Red. Laissez tomber!

À ces mots, Red bondit vers la portière encore ouverte de la fourgonnette. Il se saisit du sac et s'enfuit. Au même moment, le chauffeur à la cagoule libéra le fourgon de sa fâcheuse situation. Le véhicule fit un tête-à-queue et disparut dans la première rue transversale.

De leur côté, la chauffeuse et Tom se mirent à la poursuite de Red, qu'ils virent s'engouffrer dans une ruelle... C'était un cul-de-sac! Les édifices en brique, s'élevant de tous côtés, emprisonnaient Red. Les doigts crispés sur la rançon, il observait la femme et le garçon qui continuaient à avancer vers lui.

— Donnez-nous ce sac, exigea la chauffeuse. Et rendez-vous!

— Oublie ça, ma petite dame.

Les yeux exorbités et le doigt pointé au-dessus de la tête de Red, Tom hurla comme un fou:

— Un chien policier! Attention!

Poussant un cri de frayeur, Red se retourna brusquement. Profitant de cette diversion, Tom fonça tête baissée sur le bandit et lui faucha les jambes. Le sac tomba dans la neige. Vivement, la chauffeuse s'en empara et s'enfuit. Red bondit sur ses pieds et s'élança vers la femme. Mais une auto-patrouille vint brusquement lui bloquer le chemin.

Red porta alors la main à l'intérieur de son veston. Il en sortit un revolver qu'il pointa en direction de Tom, déjà sur ses talons.

— Recule, petit!

Fonçant sur l'auto-patrouille, il braqua son revolver sur le policier avant que ce dernier, à l'intérieur, ne puisse intervenir.

— Toi, sors de là! cria-t-il.

Le policier descendit, les mains en l'air, et s'éloigna en reculant. Red pointa ensuite son arme vers le taxi. Il tira une balle dans le pneu avant. Puis il sauta dans l'auto-patrouille et s'enfuit, laissant Tom seul avec le policier et la chauffeuse de taxi. Depuis les fenêtres des magasins, des curieux avaient suivi toute la scène.

— J'ai l'argent de la rançon, lança la chauffeuse avec enthousiasme. Mon petit, tu as été formidable! Ton idée de lui faire croire qu'un chien policier allait sauter sur lui... Bravo!

Fièrement, Tom expliqua:

— Quand j'ai rencontré Red pour la première fois, il avait eu peur d'un gros chien. Je m'en suis souvenu.

L'auto-patrouille volée fut bientôt retrouvée, mais Red avait disparu. Les policiers perquisitionnèrent la maison du criminel et découvrirent des preuves de son implication dans l'enlèvement de Diane Dorchester, mais rien qui pouvait mener à la découverte de la jeune fille. Cela n'annonçait rien de bon pour Diane.

CHAPITRE 6

Le jour suivant, Tom décida d'aller chez Diane. Il n'avait jamais visité sa demeure et fut surpris de sa dimension. L'immense maison en pierre s'élevait seule au milieu d'un vaste terrain au bord du fleuve. Le domaine était entouré d'un mur de brique. Visiblement, on cherchait à éloigner les indésirables.

À l'entrée, un gardien se tenait près de la massive barrière de bois. L'air suspicieux, il regardait s'approcher le jeune garçon.

— Tu veux quelque chose?

— Euh... commença Tom qui n'avait pas prévu ce genre d'accueil. Je pourrais faire le tour du propriétaire?

— Pas question!

— Je suis un ami de Diane. On va à l'école Queenston ensemble.

— Sa famille est trop perturbée pour recevoir qui que ce soit.

Tom jeta un coup d'œil à la maison, au loin, au-delà de la vaste pelouse. Aucun signe de vie dans les fenêtres.

— Vous avez une idée... au sujet de ce kidnapping?

— Non, rien.

L'homme entra dans un minuscule pavillon où il se servit un café. Tom s'approcha, cherchant à photographier dans sa mémoire tous les détails de l'intérieur de cette minuscule construction. Les fenêtres donnaient sur la barrière et sur le vaste domaine. Un petit bureau, deux chaises et un classeur meublaient la pièce. Il y avait aussi un téléphone.

— Hé! s'exclama Tom. Vous avez notre journal étudiant! J'en suis un des responsables.

Le gardien prit le journal.

— C'est l'autre gardien qui a laissé ça, ici. Sa fille s'appelle Amanda Whitman. C'est elle qui a pris ces photos du personnel de l'école. Son père est vraiment fier d'elle.

— Amanda! C'est aussi mon amie.

— Tu te débrouilles bien avec les filles, toi.

Le gardien lui montra une des photos.

— Tu vois ce gars? Je l'ai rencontré il y a quelques mois. Il voulait obtenir un emploi comme gardien de sécurité. Il prétendait être fatigué de travailler à l'école Queenston. Je me demande bien pourquoi. Surveiller cette barrière, c'est pas très passionnant.

Tom ne répondit rien parce que la surprise lui clouait le bec. L'homme qui avait tenté d'obtenir un emploi au domaine Dorchester, c'était... Pete Tyler, le surveillant à son école!

— Et tu sais, renchérit le gardien, il a presque réussi à obtenir le poste. Mais monsieur Dorchester a découvert qu'il avait un casier judiciaire.

Le lendemain, à l'école, Tom confia cette nouvelle à son ami Steven Xu. Ils se rendirent ensuite en classe où une banderole proclamait : «Vive les jeunes!». Monsieur Stones avait vraiment fait un gros effort en dessinant chacun de ses élèves. Les portraits couvraient tout un mur. La banderole s'étalait au-dessus de celui-ci.

— La vie continue, dit-il lorsque chacun eut regagné sa place. Diane nous manque terriblement, mais j'ai décidé qu'on célébrerait malgré son absence. Nous devons garder un bon moral.

Il tenta de sourire.

— Moi surtout, ajouta-t-il.

Mathieu leva la main.

— Moi, j'aurais une suggestion. Quand Diane reviendra, on fera une autre Journée des jeunes. Là, ce sera vraiment la fête!

— Superbe idée! s'exclama Gérald. Ça nous fera un autre congé.

Les élèves approuvèrent en applaudissant. Mathieu leva de nouveau la main.

— Monsieur Stones, j'ai une autre idée. Quand les kidnappeurs auront leur procès, on ira en cour pour entendre le juge les condamner à la prison.

— Tu as bien raison, Mathieu. Ils vont tous se retrouver derrière les barreaux. Cela me rend un peu triste.

— Mais pourquoi, monsieur?

— Personne ne veut devenir un criminel. Mais certains sont entraînés malgré eux, tu sais...

Le regard intense sous ses sourcils broussailleux, monsieur Stones poursuivit son étrange discours.

— Certains peuvent même y être forcés à la pointe d'un fusil. Pensez au pauvre homme qui se retrouve contraint au crime. Que ressent-il? Dites-moi! Pense-t-il à la prison? Ressent-il déjà le froid du métal des barreaux entre ses mains? Réfléchit-il un instant au sort de son épouse et de ses enfants qui devront venir le visiter derrière des murs et des grillages? Quelles sont les pensées de ce pauvre homme? Dites-moi! Et quels seront ses regrets?

Tous les yeux étaient rivés sur monsieur Stones qui esquissa un sourire forcé.

— Je m'excuse. Ce sont des propos qui ne doivent pas vous intéresser...

L'enseignant sortit alors un mouchoir de papier de la poche de son veston. Dans son mouvement, un vieux reçu de *Pizza parfaite* tomba sur son bureau. Monsieur Stones s'empressa de le remettre dans sa poche. Puis il se moucha afin de cacher son émotion. Tom avait tout vu...

Le sens de l'observation faisait également partie de sa nature.

Quelques instants plus tard, les élèves commencèrent à manger et à boire. On en était à la crème glacée quand monsieur Nicholson se présenta à la porte de la classe. Un inconnu l'accompagnait.

— Tom Biondi! appela le directeur. Voici un journaliste qui désire vous interviewer au sujet du kidnapping.

— Wow! s'exclama Tom.

Le journaliste et Tom se serrèrent la main avant de suivre le directeur et l'enseignant vers un coin tranquille de la classe.

— Mon nom est Byron Xavier Lewis, commença le journaliste. Mais tu peux m'appeler B.X., comme tout le monde.

Maigre et pas très grand, l'homme portait une chemise et un pantalon défraîchis. Le col de la chemise était ouvert, dévoilant une pomme d'Adam proéminente qui bougeait au rythme de ses paroles.

— Comme ça, tu es le héros qui a failli capturer les criminels.

Les yeux gris pâle de B.X. allaient et venaient de Tom à monsieur Nicholson, en s'arrêtant parfois sur monsieur Stones.

— Raconte-moi comment tu t'y es pris.

— Si vous voulez, acquiesça Tom. Mais vous n'avez rien pour prendre des notes?

— Euh!...

— Comment allez-vous faire pour retenir tout ce que je vais dire?

— Oh! dit B.X.

Il prit une serviette de table en papier qui

traînait sur un bureau, non loin d'eux.

— Je pense que cela fera l'affaire.

— Vous avez besoin d'un crayon? demanda monsieur Stones en lui en offrant un.

B.X. toisa l'enseignant.

— Merci, cher collègue.

Se retournant vers Tom, il demanda:

— Dis-moi... Ils étaient combien, les kidnappeurs?

— Deux.

— Tu as pu les identifier?

— Rien qu'un. Red. La police a fouillé sa maison, mais il a disparu. Il habitait à côté de la maison abandonnée. Il s'en servait pour ses rendez-vous secrets. J'ai même été témoin d'un de ces rendez-vous.

B.X. n'écrivait rien sur la serviette de table.

— Témoin? Vraiment?

— La nuit qui a précédé le kidnapping, je me cachais dans le grenier. C'est là que j'ai vu Red avec un autre homme.

— Mon Dieu! s'exclama monsieur Stones. Ce sont des informations de la plus haute importance.

— Tu as reconnu l'autre homme? demanda B.X.

— Non. Il portait une cagoule de ski.

Tom remarqua alors que la figure de B.X. s'était détendue. Le journaliste n'avait pas écrit un seul mot depuis le début de l'entrevue. Le jeune garçon se tourna vers son professeur.

— Je peux sortir, monsieur? Je ne me sens pas bien. Trop de limonade. Je vais appeler maman pour qu'elle vienne me chercher.

Sans en demander l'autorisation, Tom courut vers le bureau du directeur où il s'empressa de consulter l'annuaire téléphonique. Puis, il composa le numéro du journal.

— Allô! Je pourrais parler au journaliste Byron Xavier Lewis?

Il y eut un moment de silence.

— Ah! bon. Merci.

Tom raccrocha.

— Le journal n'a jamais entendu parler de cet homme, dit-il pour lui-même.

B.X. fit son apparition dans la porte, accompagné de monsieur Nicholson. Tous les deux paraissaient mécontents.

— On n'avait pas terminé l'interview, fit remarquer B.X. J'avais d'autres questions.

— Vous n'êtes pas journaliste, lança Tom. Vous ne cherchez qu'à me soutirer des informations. Pourquoi?

Soudain nerveux, B.X. se tourna vers le directeur.

— Je vous remercie pour votre aide précieuse. Je dois partir maintenant.

Rapidement, il sortit de l'école et disparut dans le soleil radieux de ce début de printemps.

— Monsieur, supplia Tom à l'endroit du directeur, il faut faire arrêter cet individu. C'est un faux reporter.

Croisant les bras, monsieur Nicholson jeta un regard sévère au garçon.

— Encore une de vos plaisanteries, Tom Biondi? Une autre de vos irrésistibles farces?

— Téléphonez au journal, vous verrez que je dis la vérité.

— Dans la classe, vous avez prétendu être malade. Vous deviez joindre votre mère pour qu'elle vienne vous chercher.

— Oui, mais...

— Vous avez menti, Biondi. Retournez en classe immédiatement. Je m'occuperai de votre cas plus tard.

La tête basse, Tom sortit du bureau. S'arrêtant devant les portes de l'école, il regarda dehors. Le faux journaliste attendait l'autobus.

— Hé! Biondi! lança Gérald Logan en surgissant derrière Tom. Qu'est-ce qui se passe? Monsieur Stones veut savoir comment tu vas. Il m'a demandé de te retrouver. Es-tu malade?

Tom saisit Gérald par le bras et l'entraîna à l'extérieur.

— Logan, j'ai besoin d'aide!

— Oublie ça.

— Tu aimes bien Amanda Whitman, non? demanda Tom qui, sans lâcher le bras de Gérald, l'entraînait vers l'arrêt d'autobus.

— Amanda... euh!... peut-être, oui.

— Alors, écoute-moi! Je vais t'écrire un poème que tu pourras lui donner. Avec ça, elle va tomber amoureuse de toi. Qu'est-ce que tu en dis?

— Et le prix?

— Une balade en autobus, dit Tom en continuant de l'entraîner. Dépêche-toi. Il arrive!

— Mais tu es fou, Biondi! On va se retrouver dans les problèmes jusqu'au cou.

— On n'a pas le choix. Allez, monte.

Tom poussa littéralement Gérald à l'intérieur.

Quand l'autobus quitta l'arrêt, le garçon vit B.X., sur la banquette arrière, qui les observait. Les seuls autres passagers étaient une mère avec son bébé et un vieil homme qui tenait sa canne bien serré.

— Ce sont peut-être ses complices, chuchota Tom à l'oreille de Gérald qui n'y comprit rien.

Ils s'assirent à l'avant.

— Fais semblant de rien, ordonna Tom.

— Mais qu'est-ce qui se passe? insista Gérald.

— Cet individu n'est pas journaliste, comprends-tu? Il voulait absolument savoir si j'avais reconnu le deuxième homme. Il doit faire partie du complot. Si nous le filons, il va nous mener vers la cachette de Diane.

L'autobus tourna abruptement. Tom observa le conducteur et se demanda s'il n'était pas, lui aussi, mêlé à l'affaire. Le garçon commençait à transpirer. Il s'enfonçait peut-être inutilement dans le danger.

Mais ça, c'était dans sa nature.

— Mais, intervint Gérald, comment peut-on

filer quelqu'un qui nous a déjà repérés?

— T'inquiète pas, je vais penser à quelque chose, promit Tom.

— Ton poème fait mieux d'être bon.

Tom sortit son carnet et prit des notes.

— Il y a au moins une chose que j'ai apprise aujourd'hui. Trois bandits sont impliqués dans cette affaire. Red, B.X. et l'homme à la cagoule.

— L'homme à la cagoule, suggéra Gérald, c'est peut-être B.X.

— Non, B.X. est beaucoup trop petit.

— Pourquoi tu n'appelles pas la police?

— Je vais le faire dès que B.X. nous aura conduits au repaire des kidnappeurs.

L'autobus se dirigeait vers le centre-ville. Dehors, les pelouses étaient grises, victimes du long hiver. Dans les endroits ombragés, quelques plaques de neige résistaient encore au printemps.

Pendant que l'autobus traversait l'Assiniboine, Gérald s'étonna:

— Regarde la force du courant! Terrible!

En effet, les eaux brunâtres coulaient, tumultueuses. Gonflées par la fonte des neiges, elles atteignaient presque le tablier du pont.

Dominant la cité menacée par les flots, la statue du Golden Boy brandissait toujours son flambeau scintillant. Par la vitre, Tom et Gérald l'aperçurent pendant que l'autobus poursuivait son parcours vers le centre-ville. Ils passèrent devant les grands magasins et quelques églises aux dômes impressionnants. Des passagers montaient et descendaient. Mais B.X. ne bougeait toujours pas.

Ses yeux étaient rivés sur les deux garçons.

B.X. quitta finalement l'autobus lorsque celui-ci s'engagea dans le quartier industriel. Des entrepôts entourés de machinerie lourde, gardés par de hautes clôtures cadenassées, bordaient la rue.

Une fois l'autobus parti, B.X., l'œil mauvais, se tourna vers les garçons qui étaient également descendus.

— Vous me suivez ou quoi?

Tom décida d'affronter l'homme.

— Pourquoi m'avez-vous questionné à l'école? Vous n'êtes pas journaliste... vous êtes un kidnappeur!

— Allez, ouste, faites de l'air!

— Vous allez appeler la police, c'est ça?

— Non, je vais pas appeler les flics, lança l'homme en brandissant son poing. Je vais te casser la gueule.

— Laisse tomber, Tom, dit Gérald. On retourne à la maison.

— Si tu veux, acquiesça Tom. Mais je t'avertis, il va falloir marcher longtemps. Je n'ai plus de billets d'autobus.

Les deux garçons s'éloignèrent. Tom guettait B.X. du coin de l'œil. Celui-ci n'avait toujours pas bougé. Il les regardait. Après un temps, l'homme se dirigea dans le sens opposé et fila dans une rue transversale.

— On va le suivre, annonça Tom en courant vers la rue où avait disparu B.X. Allez, Logan, arrive!

— Oublie ça, Biondi.

— Je vais te faire deux poèmes.

— Rien à faire.

— Mais ce type va nous mener jusqu'à Diane.

— Je n'aime pas ça du tout, Biondi.

— Rien à craindre. Et on va savoir où Diane est prisonnière.

Se faufilant entre les autos stationnées, les deux garçons suivirent B.X. jusqu'à un entrepôt de meubles portant l'inscription «*Fermé pour cause de faillite*». B.X. s'arrêta devant l'édifice, regarda de tous les côtés et entra.

— On appelle la police? proposa Gérald.

— Pas tout de suite. Vérifions d'abord si Diane est vraiment à l'intérieur. Ça va prendre juste une minute.

— J'ai l'impression de m'enfoncer dans des sables mouvants. Je n'aurais jamais dû te suivre.

— Tu vas devenir célèbre, Logan, penses-y.

— Ça m'intéresse pas.

— Tu es bizarre, des fois, Logan. Eh bien, moi, je te l'avoue, je rêve d'avoir ma photo dans le journal.

— Ça va sûrement arriver. De profil et de face, dans un habit rayé, avec un numéro sur la poitrine... Ou dans la rubrique nécrologique.

— Très drôle, Logan, dit Tom d'un air décidé. Maintenant, arrête tes niaiseries. On va entrer dans l'entrepôt.

Les deux garçons s'avancèrent au milieu des détritus qui jonchaient le terrain. Tom atteignit la porte le premier:

— C'est ouvert.

Ils se retrouvèrent d'abord dans un petit vestibule. Puis, ils pénétrèrent dans l'entrepôt lui-même. Le plafond était très haut. La lumière du jour avait du mal à traverser la saleté des carreaux.

Beaucoup de meubles étaient disséminés sur le vaste plancher de ciment. Il y avait des fauteuils divers, des tables, des lits, des piles de matelas. Quelques meubles étaient juchés sur d'énormes étagères de métal.

À l'autre bout de l'entrepôt s'élevait un escalier de métal menant à l'étage. Tout en haut, au bout de l'escalier, une porte ouverte laissait entrevoir l'intérieur d'un petit bureau illuminé.

— Regarde, chuchota Tom. B.X. est là. Allons-y.

— Biondi! Le nez me pique! Je pense que je suis allergique à cet endroit. Je vais t'attendre dehors.

— Allergique! Ah oui? Depuis quand?

— Biondi, je vais éternuer!

— Tu te retiens! ordonna Tom. On va les avoir.

— Avoir quoi? Leurs poings sur la figure?

Ils parvinrent à l'escalier et se mirent à grimper.

Ils s'immobilisèrent alors qu'ils atteignaient les dernières marches. La poussière flottait dans la lumière du bureau. B.X. se tenait debout. Red était assis derrière une table.

— Franchement, patron, se plaignait B.X., j'ai fait mon possible. À l'école, tout le monde a cru que j'étais journaliste.

— Oui, excepté le petit morveux, objecta Red. Au moins, tu as appris qu'il n'a pas reconnu notre homme à la cagoule. Ça, au moins, c'est une bonne nouvelle. Ça méritait le risque que tu as pris.

— J'ai accompli du bon travail, hein?

— Tu as utilisé un faux nom, j'espère.

— Euh!... non. J'aurais dû?

— Mais évidemment, idiot!

— Navré, patron.

— Bah! Tant pis! Oublie ça. Ton nom n'est pas dans l'annuaire téléphonique. Les policiers ne pourront pas te retracer rapidement.

— Ce que j'arrive pas à comprendre, patron, c'est pourquoi on avait besoin d'une troisième personne dans cette affaire.

— Mais je te l'ai déjà dit, abruti! Au volant de la fourgonnette, il fallait une personne connue de Diane. Je savais qu'on pourrait facilement trouver quelqu'un à l'école pour jouer ce rôle.

Tom gravit encore une marche, Gérald toujours collé derrière lui. Le bureau devait servir à surveiller l'entrepôt, tout comme la passerelle en métal qui y aboutissait. Voulant absolument obtenir une meilleure vue sur les deux hommes, Tom entraîna son ami sur la passerelle.

— J'ai le vertige! balbutia Gérald. Je veux m'en aller.

— Regarde surtout pas en bas.

Et Tom lui fit signe de se taire. De là, il pouvait mieux observer Red, qui fumait un cigare derrière sa table.

— J'ai pris une décision, annonça-t-il à B.X. On va quitter la ville pendant un certain temps. On va laisser la poussière retomber. Plus tard, on fera une autre demande de rançon.

— Bonne idée, approuva B.X.

— On va utiliser notre planque en Ontario. Moi, je vais prendre le 2014 et toi, tu prendras la camionnette.

— Et la petite Dorchester?

— À cause de toutes les affiches avec sa photo, on ne peut pas risquer son transfert. Elle doit rester où elle est.

— Ton homme à la cagoule va continuer à s'en occuper?

— Il a intérêt, lança Red en écrasant son mégot. Allez! On y va.

En voyant l'homme se lever, Tom comprit qu'ils se trouvaient prisonniers sur la passerelle. Aucun moyen d'atteindre l'escalier sans être vus.

Il repoussa Gérald plus loin sur la passerelle. En dessous, les meubles n'étaient plus que des ombres imprécises dans la lumière tamisée.

— Pas un bruit, Logan, chuchota-t-il.

Gérald répondit par un soupir. Au même moment, les pas des deux hommes résonnaient dans l'escalier de métal. Une fois en bas, ils se rendirent dans un coin de l'entrepôt où Red retira une grande bâche sous laquelle se trouvaient deux véhicules.

— La camionnette de Red! chuchota Tom. Et la fourgonnette brune! Maintenant je comprends pourquoi c'est écrit *Blind Driver*. *Blind* ne signifie pas toujours «aveugle». Ce mot veut aussi dire «store». C'est une fourgonnette qui sert à livrer des stores!

Red fit glisser une grande porte et B.X. sortit avec la camionnette.

C'est à ce moment-là que Gérald éternua. Le son se répercuta dans le vaste entrepôt. Red leva la tête et cria en brandissant le poing:

— Le morveux! Et avec un ami en plus!

L'homme courait déjà vers l'escalier.

— Je vais vous arranger un petit accident, moi. De la passerelle au plancher de ciment, ça descend vite, vous allez voir ça.

Tom chercha une issue, mais les deux garçons étaient bel et bien piégés. Gérald avait les yeux dilatés par la peur.

— Vite! hurla-t-il. Fais quelque chose!

C'est alors que Tom aperçut la pile de matelas.

— On saute! C'est notre seule chance!

— Sauter? T'es malade?

— Tu préfères que ce soit Red qui te fasse sauter? Allez, saute!

— Tes enquêtes, Biondi, plus jamais! lança Gérald en grimpant sur le garde-fou.

Il inspira une dernière fois, puis sauta.

Red avait atteint la passerelle et progressait rapidement. À son tour, Tom se jeta dans le vide. Son estomac se contracta et sa gorge se serra. Il atterrit sur les matelas.

— Allez, Gérald! cria-t-il en roulant en bas de la pile. Cours!

Ils se retrouvèrent bientôt dans la rue.

— Trouve un téléphone! ordonna Tom. Et appelle la police!

— Et toi?

— Moi, j'ai une idée de l'endroit où va se rendre Red. Je vais d'abord aller vérifier ça.

— Tu es sûr?

— Oui, Logan. Et merci pour ton aide.

— Plus jamais, Biondi! Plus jamais!

Gérald prit ses jambes à son cou. Tom, obéissant toujours à sa nature de jeune policier, courait déjà dans une autre direction.

Quelques minutes plus tard, la fourgonnette brune surgissait de l'entrepôt. Red, au volant, ne semblait plus se soucier d'attraper le petit morveux.

Il se dirigeait vers le centre-ville... tout comme Tom.

CHAPITRE 7

Très vite, Tom atteignit la gare. Il jeta un regard sur la *Comtesse de Dufferin*, dans la cabine du mécanicien où Red avait pris l'argent de la rançon. En se remémorant la poursuite qui s'était ensuivie, il se demandait comment ce bandit arrivait toujours à s'échapper. Une vraie couleuvre!

Tom s'avança entre les grands piliers soutenant l'énorme édifice et entra dans la gare. Par les hautes fenêtres, le soleil illuminait les lieux d'une lumière généreuse. Ses rayons réchauffaient les voyageurs qui attendaient le départ de leur train. Quelques couples pleuraient en s'embrassant pendant que des employés circulaient avec des porte-bagages.

Soudain, Tom vit le grand tableau horaire. Ses yeux s'illuminèrent. Comme il l'avait supposé, un train portait le numéro 2014. Il partait maintenant! Red avait affirmé qu'il quitterait la ville à bord du 2014.

Tom repéra une série de cabines téléphoniques. Il aurait voulu appeler son père à la station de police, mais toutes les cabines étaient occupées. Et pendant que tous ces gens parlaient avec des amis ou des parents, les haut-parleurs annonçaient le départ imminent du 2014! Dans les cabines, les gens ne lâchaient pas leur combiné!

Une seule solution s'offrait à Tom: monter lui aussi dans le 2014! Une fois embarqué, il retrouverait Red et avertirait un employé qui n'hésiterait pas à faire arrêter le bandit.

Tom bondit hors de l'édifice et se retrouva sur le quai d'embarquement. Devant lui, deux séries de rails. La première, constata-t-il avec horreur, était vide. Sur l'autre, un long train de passagers enveloppé dans la vapeur émanant des conduits et manchons de raccordement. À l'avant, une impressionnante locomotive diesel s'apprêtait à tirer les voitures pour un long voyage vers l'est du pays. Le 2014! Tom comprit aussitôt qu'il n'était pas du bon côté. Il lui fallait rentrer dans la gare, descendre, puis traverser par le couloir souterrain.

Mais il était trop tard. Le 2014 allait partir dans quelques secondes, Tom le sentait. Alors, sans réfléchir, il sauta à bas du quai et se mit à courir sur les traverses de bois entre les rails vides, en direction de la queue du train.

Un premier sifflement de départ retentit et Tom accéléra l'allure. Il devait bien regarder où il posait les pieds. Enfin, il contourna la voiture de queue et grimpa sur le quai. Deuxième sifflement. Les voyageurs étaient tous montés. On avait même fermé toutes les portes! La dernière personne sur le quai était un employé qui faisait des signes en direction de la locomotive.

Était-ce trop tard? Seule la partie supérieure de la porte d'une voiture-lit était encore ouverte. De là, une jeune femme observait le garçon.

— S'il vous plaît, supplia Tom. Ouvrez-moi cette porte!

— Quoi? Qu'est-ce que tu dis? cria la femme à travers le boucan produit par les vapeurs que crachait l'engin.

— Ouvrez-moi, je vous dis! cria Tom en indiquant la poignée inférieure de la porte. Ma mère est malade!

À ces mots, la jeune femme parut indécise. Elle jeta un coup d'œil sur le quai, s'attendant probablement à voir apparaître une vieille dame malade en fauteuil roulant.

— Ouvrez la porte! répétait Tom.

La jeune femme sembla alors mieux comprendre l'urgence de la situation. Elle mit la main sur la poignée, en cherchant pendant un moment à en comprendre le mécanisme. Finalement la porte s'ouvrit. Mais le petit escalier était toujours relevé, empêchant Tom de sauter à bord.

— L'escalier! cria Tom en indiquant la barre de métal qui le tenait en place. Avec votre pied! Poussez la barre avec votre pied!

De nouveau indécise, la femme examina la barre. C'est à ce moment-là que le train s'ébranla. Tom sautillait sur place. De toutes ses forces, il hurla:

— Faites sauter la barre! Vite! Donnez un coup de pied!

Tom n'en pouvait plus. Il devait maintenant courir à côté de la voiture. Il indiquait désespérément à la femme la barre qu'elle devait frapper du pied.

La femme donna un premier coup. Trop faible. Enfin, elle y mit plus de force et l'escalier se dégagea, ouvrant le passage à Tom qui sauta sur la marche la plus basse. Il attrapa la rampe et se hissa sur la plateforme, incapable de prononcer un mot.

— Ça va? demanda la femme, anxieuse.

Tom fit signe que oui.

— Où est ta mère? Elle a raté le train?

Tom secoua la tête, plus pressé de recouvrer son souffle que de mentir à cette femme. D'ailleurs, dans la lutte contre le crime, on ne peut faire confiance à personne.

— Ma mère va s'en tirer, ne vous en faites pas.

— Où est-elle donc? Elle a besoin d'aide?

— Non, non, merci.

Tom se retourna, tira l'escalier et le remit à sa place. Il referma la porte.

— Merci de votre aide, madame, dit finalement Tom avec un généreux sourire.

Sans plus attendre, il pénétra dans la voiture. Il devait trouver un employé et l'avertir.

Après de légères secousses alors qu'il s'éloignait de la gare, le train prit de la vitesse. Tom pouvait observer les cours arrière de quelques maisons qui défilaient. Soudain, il fut surpris par un bruit particulier. S'approchant d'une fenêtre, il réalisa que le train s'était engagé sur un pont de métal. Sous le pont, Tom reconnut les eaux brunes et profondes de la Red River. Songeant à une soudaine crue possible de ces eaux sombres, le garçon ressentit une sorte de vertige.

Quelques secondes plus tard, Tom s'engageait sur les plaques de métal branlantes qui permettaient de passer d'une voiture à l'autre, bien décidé à retrouver Red.

Tom s'avançait dans l'allée, entre les sièges. Prudemment, il scrutait les visages des passagers, conscient que Red pouvait s'être déguisé. Parvenu à l'extrémité d'une voiture, il passait sur d'autres plaques de métal tout aussi branlantes afin d'accéder à la voiture suivante.

Faiblement, loin devant, le sifflement du train se fit entendre. Tom vit par la fenêtre qu'on traversait un petit village. Le convoi s'élançait maintenant dans la vaste prairie. Quelques arbres formaient des bouquets autour de rares points d'eau. Partout, le soleil printanier commençait à réchauffer les champs.

Tom, lui, progressait toujours entre les sièges. Parfois, il devait subir le regard hostile de certains passagers qu'il avait un peu trop longuement dévisagés. Soudain, il remarqua un homme dont le visage était caché par un journal. Tom hésita. Il ne voulait pas perdre de temps, mais il ne devait rater aucun passager... Comment réussir à voir celui-ci?

Mais le problème fut résolu par l'homme lui-même... qui abaissa son journal. C'était Red!

— Oh! laissa échapper Tom.

Il se sentit blêmir en remarquant une bosse sous le veston de l'homme. Un étui à revolver!

Tom recula, trébuchant presque dans ses propres pieds.

— Une minute! lança Red qui, après avoir déposé le journal, esquissa un geste en direction de cette fameuse bosse.

— Ne tirez pas! cria Tom. La police a encerclé le train!

Une drôle d'expression se peignit sur le visage de Red. Il se leva et, d'une main, tenta en vain d'attraper Tom. Étonnés, les passagers observaient la scène. Tom courait déjà vers l'extrémité de la voiture, où se trouvait une porte sur laquelle était inscrit *Toilet*. Paniqué, il s'engouffra à l'intérieur, referma la porte et abaissa le loquet.

Tom entendit Red qui venait de s'immobiliser de l'autre côté de la porte.

— Ouvre ça! ordonna l'homme.

Tom s'appuya contre le battant. La poignée s'agitait sous ses yeux terrifiés. Il était coincé! Aucun moyen de fuir, aucune issue dans un si petit espace.

— Que se passe-t-il, monsieur? fit la voix d'un homme à l'extérieur.

— Rien, répliqua Red. C'est mon fils. Il s'est enfermé là-dedans. Vous pouvez ouvrir la porte?

— Bien sûr, répondit l'employé. Mais pourquoi?

— Il a pris mes lames de rasoir. C'est un garçon hystérique parfois. Je crains qu'il ne se coupe.

Silence. Tom pouvait imaginer l'homme en train de se demander si Red ne mentait pas.

— Bien, dit enfin l'employé. On va le faire sortir de là.

Le son d'une clé jouant dans la serrure se fit entendre. La porte s'ouvrit, Red avança le bras et saisit Tom.

— Viens, fiston, dit Red, qui cherchait à imiter la voix douce d'un père affectueux.

Mais ses yeux étaient froids et son expression cruelle.

— Où sont les lames? demanda alors l'employé.

— Il n'y en a pas! lança Tom. Cet homme est un kidnappeur!

Red mit sa main sur la bouche du garçon, mais Tom le mordit très fort. Poussant un cri de douleur, Red relâcha sa prise. C'est alors qu'il sortit le revolver sous le nez de l'employé.

— Bouge pas! Tu tentes un geste et je te refroidis!

— Mais... protesta l'homme.

— Pas un mot! ordonna Red.

Celui-ci se retourna vers Tom en l'empoignant de nouveau.

— Toi, mon jeune, ton cerveau doit être

gros comme un petit pois: comment la police pourrait-elle encercler un train en marche?

— J'en sais rien, balbutia Tom qui aurait bien aimé trouver un peu d'aide.

Mais les passagers semblaient trop effrayés pour agir. Il vit même un homme pleurer. La peur se lisait sur tous les visages. Tous ressemblaient à des animaux pris au piège.

— Qu'allez-vous faire? s'enquit Tom en essayant de dissimuler la panique qui l'habitait.

Red ignora la question. Après un rapide coup d'œil à sa montre, il lança à l'employé qu'il tenait en joue:

— Toi, marche devant!

Puis, empoignant Tom de l'autre main, il ragea:

— Et toi, le petit morveux, suis-moi!

Tom était secoué par la solide poigne de Red qui le traînait à ses côtés, tout en gardant le canon du revolver contre la tête de l'employé qui avançait dans l'allée.

— Quelqu'un fait un geste et le monsieur, ici, se paie de belles funérailles.

L'homme en pleurs se recroquevilla sur son siège. Red éclata de rire.

— Toi, pour chialer comme ça, tu dois être un policier.

Ces mots rendirent Tom furieux.

— Vous croyez que les policiers sont stupides, hein? Ils vont tous vous coincer. Le wagon à bagages est rempli d'hommes armés.

Mais Red continuait à rire tout en entraînant l'employé et le garçon. Entre deux voitures, dans le bruit infernal des manchons d'attelage, Tom se saisit le ventre.

— Aïe! se plaignit-il. Je ne me sens pas bien. Je vais être malade.

— Allez, avance! ordonna Red.

— Je peux pas, geignit le garçon en se penchant et en se serrant l'estomac encore plus fort.

— Qu'est-ce que t'as? demanda finalement Red en desserrant légèrement son étreinte.

Tom profita de ce moment pour se libérer. Le bandit ne réagit pas assez vite. Tom avait déjà saisi la poignée d'alarme et tirait dessus de toutes ses forces.

— Petit vaurien! s'écria Red.

Mais il était trop tard. L'alarme était donnée. Les roues d'acier sous le train se mirent à grincer contre les rails. Secoué, le train ralentit et s'arrêta net, en quelques secondes seulement, au beau milieu des Prairies.

CHAPITRE 8

Le silence qui suivit le bruyant arrêt du train fut total. Tom regardait Red. Il s'attendait à ce que l'homme fasse un geste brutal. Étrangement, la colère avait disparu de son regard.

— Viens ici, mon jeune.

Attrapant le bras de Tom, il se retourna vers l'employé:

— Toi, tu vas m'ouvrir cette porte tout de suite.

— Oui, monsieur! Ne tirez pas, monsieur!

Après avoir ouvert la porte, l'employé donna un coup de pied sur la barre de métal qui retenait l'escalier.

— Maintenant, couche-toi et compte jusqu'à cinquante! À haute voix!

— Oui, monsieur!

L'employé s'étendit sur le ventre.

— Un, deux, trois...

— Allons-y! lança Red en direction de Tom.

Ils descendirent les marches et sautèrent sur le gravier le long des rails.

— Que se passe-t-il? criait une voix d'homme.

D'une autre voiture, un employé était descendu et regardait dans leur direction. Un instant voilé par un nuage de vapeur, il réapparut bientôt. Ses yeux exprimèrent la stupeur à la vue du revolver de Red.

— Toi, cria le malfaiteur, tu remontes dans le train.

— Pas de problème, monsieur! Je remonte.

L'homme bondit sur les marches, monta dans la voiture et referma violemment la portière.

Mais beaucoup plus loin, vers l'avant, tout près de la locomotive, l'uniforme clair d'un autre employé chatoyait dans la lumière du soleil. Curieuses, quelques personnes observaient la scène de leur fenêtre. Aucune d'elles, toutefois, ne semblait avoir l'intention d'intervenir.

— Par ici, ordonna Red en tirant l'enfant vers l'arrière du train.

Leurs pieds martelaient le gravier.

— Plus vite! exigeait Red qui forçait Tom à courir à ses côtés.

Ils atteignirent la voiture de queue. De là, ils pouvaient voir un ciel coincé entre l'horizon plat et une longue série de nuages. Non loin, sur la route de terre qui longeait la voie ferrée, ils remarquèrent un nuage de poussière soulevée par une automobile qui approchait.

— Fais-le arrêter! ordonna Red.

Tom descendit sur le bord de la route et se mit à faire de grands gestes avec ses bras. Depuis un moment, le chauffeur observait ce train qui venait de s'immobiliser dans un trou perdu. Il freina à la hauteur du garçon et baissa la vitre de la portière.

— Salut! dit-il.

Arborant un large sourire aimable, il portait un chapeau beaucoup trop petit pour son imposante tête dont on remarquait le nez très rond.

— Que se passe-t-il?

Red, qui s'était approché en douce, pointa son arme sur son visage.

— Ce qui se passe, Jumbo, c'est que ta tête va exploser si tu ne nous offres pas une petite promenade.

Le visage du gros homme perdit sur-le-champ toute expression de joie.

— J'ai une femme et des enfants, balbutia-t-il. Ne tirez pas.

— Si tu veux qu'ils aient encore un papa demain, tu fais ce que je te dis.

— Oui, oui.

Gardant en joue le pauvre chauffeur, Red entraîna Tom de l'autre côté de l'automobile. Ils montèrent et s'assirent sur la banquette avant.

— Allez, on file d'ici! annonça Red en fermant la portière.

— Oui, oui.

Dans sa nervosité, l'homme relâcha trop vite la pédale d'embrayage et le véhicule bondit vers l'avant.

— Excusez-moi! cria l'homme à travers le vacarme.

En pleine accélération, la voiture s'éloigna très rapidement du train immobilisé.

— On va où, monsieur?

— En Ontario.

— Quoi?

— Tu as bien entendu, Jumbo. En Ontario! Et ne ménage pas ton moteur.

— Mais je suis représentant. Je dois voir des clients aujourd'hui.

— Et mon frère est un croque-mort! Tu veux être son prochain client?

— Non, non.

— On va prendre les routes secondaires. La police va sûrement établir des barrages routiers sur les routes principales.

Assis entre le chauffeur et Red, Tom regardait l'impressionnant revolver noir et se demandait si ce bandit l'utiliserait vraiment. Il proférait beaucoup de menaces, mais personne n'avait encore été abattu. Malgré cela, Tom sentait qu'il ne serait pas bon pour sa santé de provoquer cet homme. En tout cas, pas tout de suite.

Une grande pancarte indiquait une intersection. L'automobile s'engagea sur une route asphaltée et fonça au milieu d'un autre paysage plat. Tom vit quelques chevaux qui galopaient dans les champs. Leur queue flottait, élégante, derrière eux. Aucun autre signe de vie. Pendant que des insectes de toutes sortes s'écrasaient sur le pare-brise, Tom chercha à imaginer un plan d'évasion. L'aiguille de l'indicateur de niveau d'essence pointait sur *full*, ce qui signifiait qu'on ne s'arrêterait pas de sitôt. Il se tourna vers le chauffeur, se demandant s'il était aussi en train de chercher une issue à cette aventure dans laquelle il était entraîné.

— Vous vendez quoi? demanda Tom.

— Des sous-vêtements féminins, balbutia le gros homme.

Red éclata de rire et la figure ronde du chauffeur tourna au rouge.

Incapable d'imaginer une autre question, Tom fit silence.

— Monsieur! siffla Red. Des sous-vêtements féminins. Wow!

Le long de la route, un garçon promenait son chien. Il entrevit Tom. Allait-il alerter la police? Peu probable. Comment pouvait-il deviner que Tom avait été kidnappé?...

Kidnappé! Tom comprenait soudain sa situation. C'était comme dans les romans à énigmes des frères Hardis... Mais Diane, elle, ne voyait sûrement pas son drame comme une aventure de roman.

Tom leva les yeux vers Red.

— Pourquoi avez-vous enlevé Diane? demanda-t-il soudain, tout en observant la réaction de l'homme.

— Ferme-la, le jeune!

Ce fut la seule réponse qu'il obtint. Tom retourna à ses réflexions. Il était évident que Red résisterait à n'importe quel interrogatoire, même très serré. Le garçon se mit alors à se rappeler comment Frank et Joe Hardis arrivaient à coincer les criminels. Mais toutes ces histoires inventées lui semblaient si lointaines, si irréelles.

L'automobile filait et le paysage changeait peu. Dans les champs à perte de vue surgissaient, ici et là, quelques bosquets, quelques rochers. Dès qu'ils dépassèrent le panneau indiquant qu'ils se trouvaient maintenant en Ontario, l'estomac de Tom se mit à se plaindre.

— J'ai faim, annonça-t-il finalement.

— On a tous faim, murmura Red.

— On pourrait arrêter pour un petit lunch?

— Pas question. Pour l'instant, on jeûne.

— Mais j'ai faim, moi.

— Tu veux bouffer du plomb?

Tom ne répondit pas, mais il commençait à douter du sérieux des menaces de Red.

Derrière eux, garni de quelques nuages noirs aux formes irrégulières, le ciel des Prairies tournait au pourpre. Les chevaux dans les champs se faisaient plus nombreux.

— Sont-ils sauvages? demanda Tom.

Jumbo secoua la tête.

— Non, ils appartiennent aux fermiers. Quelle vie! Rien d'autre à faire que de courir dans le paysage, libres et sauvages.

— Mais, Jumbo, tu as une âme de poète! lança Red. Tu n'as rien d'un représentant. Tu devrais être écrivain.

— Je n'ai jamais pris de risques dans la vie, répondit le chauffeur en haussant les épaules. Il est trop tard maintenant.

— Je pense qu'une chance ne revient jamais. Il faut la saisir au vol, voilà ce que je dis.

— Je m'excuse, intervint Tom en levant le doigt, mais il va falloir trouver bientôt une salle de bains. J'ai envie...

— Tu cherches à m'échapper? insinua Red. Si c'est le cas, réfléchis bien. Ceci sera le dernier avertissement que tu auras reçu.

Tom baissa la tête.

— Devant! Un terrain de camping! annonça soudain Red. Jumbo, tu rentres là!

La nuit allait tomber. Le chauffeur alluma les phares du véhicule. Ils repérèrent facilement l'entrée du terrain de camping. Ils s'y engagèrent. Le lieu était traversé de ruelles de terre et meublé de tables de pique-nique isolées par quelques arbres. Au centre se trouvait un petit bâtiment pour les douches et les toilettes. À la grande déception de Tom, l'endroit était désert.

Lentement, il descendit de voiture. Red le poussa brutalement vers le bâtiment. Tom trébucha et tomba.

— Ma cheville! gémit-il aussitôt. Je me suis tordu la cheville!

Red se pencha pour examiner la blessure. Alors Tom en profita pour saisir une poignée de terre et la jeter à la figure du bandit. Aveuglé, l'homme porta les deux mains à son visage.

— Démarrez! cria Tom en courant vers le

véhicule de Jumbo. On sort d'ici. Vite!

— Oui, mon gars! On sort d'ici!

Mais le moteur s'emballa, puis s'éteignit. Red se frottait toujours les yeux. Jumbo se pencha au-dessus du volant et fit à nouveau tourner la clé.

— J'ai noyé le moteur! Il ne veut plus démarrer!

Tom eut alors une idée folle.

— On va faire de l'équitation! Venez!

Mieux valait une idée folle que rien du tout.

Courant vers le champ le plus près, Tom sauta par-dessus une clôture. Même s'il commençait à faire vraiment noir, le garçon avait pu distinguer la silhouette de quelques chevaux.

Jumbo atteignit à son tour la clôture. Déjà essoufflé par cette petite course, il commença à grimper.

— Je n'ai plus la forme. Aide-moi.

Revenant sur ses pas, Tom aida le gros homme à traverser. Tous les deux se mirent à courir en direction des chevaux.

Quand Tom fut à proximité, les animaux se mirent à se comporter nerveusement. De sa voix la plus douce, Tom prononça quelques paroles rassurantes afin de calmer les chevaux. Jumbo se tenait juste derrière lui.

Tom sauta sur le dos nu d'un cheval. C'est alors que Red apparut au loin. Il sautait la clôture.

— Vite! pressa Tom. Montez sur celui-là.

— Je ne pourrai jamais grimper là-dessus, geignit le pauvre homme. C'est trop haut.

Jumbo se tourna vers Red qui avançait lentement. De temps en temps, il se frottait encore les yeux.

— Vas-y, mon gars, lança le gros homme. Galope. Ne t'inquiète pas pour moi. Je vais m'en tirer.

— Non, je peux pas faire ça! répliqua Tom en descendant de cheval.

Profitant de la noirceur, ils reprirent leur course en direction de la clôture, de l'autre côté du champ.

— Une bicyclette! annonça Tom.

— Les pneus sont bien gonflés? lança Jumbo, à bout de souffle.

— On va monter à deux!

Encore une idée folle!

Jumbo secoua la tête. Il tremblait de peur.

— J'ai essayé ça avec mes enfants. Ça marche pas. J'ai une trop grosse bedaine. Toi, prends le vélo. Et va avertir la police.

— Non, s'opposa Tom. C'est vous qui allez prendre le vélo.

Jumbo se retourna vers le champ et vit Red qui courait toujours vers eux.

— Je... euh!...

— Allez-y! exigeait Tom, triste d'être témoin d'une telle frousse chez cet adulte. Pensez à votre femme et à vos enfants! Imaginez leur peine si vous ne reveniez pas. Allez! Montez! Et tirez-vous d'ici au plus vite!

— Et toi? balbutia l'homme en grimpant sur la bicyclette.

— Moi, je vais me débrouiller.

Le vélo ploya sous l'énorme poids. Jumbo se mit à pédaler. Il prenait de la vitesse. Bientôt, il disparut dans la nuit.

Tom s'enfuit dans la direction opposée.

Au début, le terrain était inégal, mais il devint bientôt plus régulier. Tom courut longtemps. Mais il se sentait désorienté. Soudain, il se retrouva devant les installations sanitaires. Sans le vouloir, il était revenu au terrain de camping! Une cabine téléphonique était appuyée au bâtiment. Saisissant le combiné, Tom scruta la nuit, tout autour. Elle était silencieuse. Rien ne semblait menaçant.

— Téléphoniste! dit une voix féminine. Quel numéro désirez-vous?

— Merci, mon Dieu! s'exclama Tom. Je suis en danger!

— En danger?

C'est alors que Tom entendit des pas derrière lui. Il pivota sur lui-même et scruta la nuit. Rien. Tout en gardant les yeux rivés sur l'obscurité, il souleva le combiné.

— Je m'excuse, madame la téléphoniste. J'ai cru que...

Il se tut et regarda l'appareil dans sa main. Il ne fonctionnait plus. Aussitôt, il entendit un autre bruit. Levant les yeux, il vit Red, debout devant lui. Il avait arraché le fil et l'enroulait autour de sa main. Dans l'autre main, il tenait son revolver. Pointé vers Tom.

— Tu es un vrai petit vaurien!

* * *

Red et Tom roulaient maintenant dans la voiture du représentant.

— J'avoue que tu as du courage, dit Red, mais tu commences vraiment à me mettre les nerfs en boule.

Il fit une pause, puis ajouta:

— On se rend au lac des Bois. C'est un lac très grand... et très profond. Tu me joues un autre de tes petits tours et tu visites le fond du lac des Bois. Tu vois ce que je veux dire?

Tom ravala sa salive et fit signe que oui. Il comprenait.

Red ne prononça plus un mot. Ils poursuivirent leur voyage, seuls sur la route obscure.

Au bout d'un long moment apparurent deux réflecteurs immobiles qui ponctuaient la nuit comme deux yeux rouges. Quand la voiture s'en approcha, Tom comprit qu'il s'agissait des réflecteurs d'une camionnette stationnée le long de la route. Il ne fut pas surpris de reconnaître B.X. au volant.

Red se gara derrière. Laissant les clés dans le démarreur, il descendit avec Tom qu'il entraîna vers la camionnette.

— Hé! Qu'est-il arrivé? demanda B.X. alors qu'ils montaient à côté de lui. Je t'ai attendu à la gare et le 2014 n'est jamais arrivé. Alors je suis venu t'attendre ici, comme convenu.

— Je te raconterai ça plus tard, B.X. Allez, on fonce!

Bientôt la camionnette fila sur l'autoroute, bien plus vite que le représentant ne l'avait fait avec son véhicule. Tom surveillait l'aiguille de l'odomètre qui grimpait dangereusement.

— Ralentis, intervint Red. Tu vas tous nous tuer.

Leur vitesse tomba légèrement et le voyage se poursuivit dans le silence jusqu'à ce que la camionnette s'engage sur une route de gravier.

La forêt, de chaque côté, se fit de plus en plus dense. La route montait et contournait les collines.

— Tu sais conduire, le jeune? demanda Red.

— Pas encore.

— Dommage. Je changerais bien de conducteur. B.X.! Tu vas trop vite!

— Oui, oui.

Red éclata de rire alors que B.X. exprimait sa mauvaise humeur:

— Qu'est-ce qu'on va faire avec ce gosse? Le livrer contre une rançon?

— Sa famille est trop pauvre. Je pense que je vais m'en servir comme cible d'exercice.

Tom resta imperturbable. Sa conviction que Red était un bluffeur ne faisait que se raffermir. Ce bandit n'utiliserait jamais son revolver contre lui. Jamais Tom ne serait la cible de Red.

— Nerfs d'acier, hein? constata Red en soulevant son arme dont il appuya le canon contre la tempe de Tom.

Le chien cliqueta. Tom ferma les yeux. Le temps d'un éclair, il se revit chez lui, en sécurité, avec toute sa famille. Quand il ouvrit les yeux, Red avait abaissé son arme.

— Nous y voici, annonça B.X.

Il descendit de la voiture et alluma sa lampe de poche. Red, entraînant toujours Tom, le suivit dans un sentier de terre. On entendait maintenant un clapotis de vagues. Le faisceau de la lampe de poche éclaira un puissant bateau de course.

— Hé! ne put s'empêcher de s'exclamer Tom. C'est votre bateau?

En riant, Red poussa B.X.

— Allez, on continue.

Alors le faisceau éclaira une vieille chaloupe à l'arrière de laquelle était accroché un moteur hors-bord.

Tom sauta dans l'embarcation. Elle tangua dangereusement. Le garçon chancela et faillit perdre l'équilibre.

— Secoue-moi ce moteur, ordonna Red, et filons d'ici.

Tom leva les yeux et vit des constellations d'étoiles brillant au-dessus du lac. Ce ciel profond, paisible et silencieux aurait pu être rassurant. Mais cette paix infinie fut immédiatement brisée par le rugissement du moteur mis en marche par B.X. Les narines de Tom furent aussitôt envahies par des vapeurs d'huile et d'essence mélangées.

— Larguez les amarres! lança B.X. par-dessus son épaule.

Les hélices s'animèrent et brassèrent l'eau. L'embarcation quitta la rive et s'enfonça dans la nuit fraîche.

Tom frissonna et eut une pensée pour sa famille qui devait mourir d'inquiétude. Il avait froid, il avait faim. Il était épuisé. Un grand sentiment de solitude l'envahissait...

Et s'ils le tuaient?

Cette pensée inattendue lui chavira le cœur. Une larme roula sur sa joue. La peur, ça faisait également partie de sa nature.

CHAPITRE 9

Je te dis de le tuer!

Dehors, Tom se tenait accroupi sous la fenêtre ouverte du chalet. Il pouvait ainsi entendre la dispute entre Red et B.X.

— Et moi, je te dis que tu es fou! répliquait la voix de Red. Tu crois que je serais capable de tirer une balle dans la tête d'un enfant?

— Je vais le faire alors.

Silence. Il y eut le son mat d'un coup de poing, puis le bruit de quelqu'un tombant sur le plancher.

— Non, B.X., tu vas tuer personne! lança Red dans sa colère.

Tom aurait bien voulu regarder la scène par la fenêtre, mais il craignait qu'on le voie. Il était censé se trouver à l'autre bout de l'île, en train de pêcher.

— Je me rends au bateau, annonça Red. Et s'il arrive malheur à ce garçon, B.X., tu n'es pas mieux que mort.

Tom s'enfonça dans le bois, non loin du chalet. En sécurité derrière un arbre, il entendit la porte du chalet claquer et vit Red marcher dans le petit sentier menant au hangar à bateaux. L'homme déverrouilla la porte et entra. Dans la vieille chaloupe à moteur, il quitta l'île.

Tom décida de retourner à l'endroit où il avait abandonné la canne à pêche de Red. C'était une très petite île et il y fut en quelques minutes. Canne en main, il s'assit sur un gros rocher, au bord de l'eau profonde.

D'un mouvement souple du poignet, Tom lança la ligne. Après avoir fendu gracieusement l'air, l'appât au bout du fil atteignit l'eau avec un léger flop! Tom le laissa couler un peu. Puis il se mit à rembobiner le fil, observant le beau tourbillon de la cuiller dans l'eau froide.

Depuis son arrivée sur l'île, Tom n'avait encore pris aucun poisson. Mais il était tellement agréable d'être simplement assis, comme ça, dans la lumière chaude du soleil. De là, il pouvait attendre l'arrivée des policiers qui viendraient sûrement, tôt ou tard, à son secours. Le gros représentant les avait déjà sûrement joints afin de dénoncer Red pour rapt d'enfant et vol de voiture. D'ici peu, on fouillerait toutes les îles disséminées sur ce grand lac.

Quand la cuiller émergea, Tom leva la tête. Au loin, un bateau de plaisance se profilait dans les reflets du soleil sur l'eau. Depuis sa capture, le garçon en avait vu plusieurs, mais les plaisanciers se trouvaient toujours trop loin pour entendre ses appels.

Le lendemain après-midi, Red revint sur l'île. Il avait été absent toute une journée. Portant deux grands sacs de nourriture, il pénétra dans le chalet. La porte claqua derrière lui.

Tom se faufila encore sous la fenêtre ouverte. Il prit son carnet de notes. Red et B.X. se disputaient souvent et le garçon pouvait ainsi apprendre des choses. Il n'avait encore rien appris de très utile. L'endroit où ils cachaient Diane demeurait un mystère.

Tom se releva prudemment. Il vit B.X. qui sculptait distraitement un morceau de bois. Red était étendu sur le sofa.

— J'ai parlé à notre homme à la cagoule, dit-il enfin. Je voulais m'assurer que la petite Dorchester était bien nourrie. J'ai vu A.L. aussi. Il va faire une deuxième demande de rançon. Cette fois-ci, si ça marche pas, la fille est morte.

Tom ravala sa salive et nota les initiales A.L. Enfin, une information utile: une quatrième personne était mêlée à l'affaire!

— Et on est arrivés à un accord, poursuivit Red. Si l'un d'entre nous se fait prendre, on continue. La demande de rançon est maintenue. Et comme convenu, l'argent sera partagé entre nous... incluant ceux qui seront en prison.

— En prison! s'exclama B.X.

— Relaxe. Tout va bien.

Ébranlé, B.X. n'ajouta pas un mot.

Le silence des deux hommes pouvait durer des heures. Aussi Tom décida-t-il de s'éloigner. Il lui fallait absolument trouver un moyen de s'échapper.

Il emprunta un sentier qui le mena à un pic rocheux surplombant le lac. Au loin, Tom put distinguer une grande maison sur une autre île. La nuit, il y avait vu de la lumière. Mais comment alerter ces gens?

Méditant sur le problème, Tom faisait les cent pas. Il se sentait comme Robinson Crusoé, prisonnier pour toujours sur une île déserte. Il pourrait toujours lancer un message «à la mer» afin qu'on lui envoie de l'aide...

Non! ils seraient capables de lui envoyer Gérald Logan par erreur...

Mais!... mais!...

Tom eut un mouvement de joie. Il venait de trouver un moyen de fuir!

Il revint vers le chalet. Des coups de marteau résonnaient. Red était en train de travailler dans le hangar à bateaux.

Se faufilant derrière le chalet, Tom souleva le couvercle de la poubelle et se mit à fouiller. Il trouva enfin une bouteille de vin que les deux hommes avaient vidée la veille, au souper. Il fouilla encore parmi les canettes et les vieilles boîtes. Il trouva le bouchon!

Tom retourna en vitesse vers la rive, prit son stylo et arracha une feuille de son carnet. Avec minutie, il écrivit son message: *PRISONNIER SUR PETITE ÎLE AVEC CHALET ET HANGAR*

Il glissa le papier dans la bouteille et cala solidement le bouchon de liège dans le goulot. De toutes ses forces, Tom lança la bouteille «à la mer». Elle virevolta dans les airs, atteignit l'eau et... s'enfonça.

Anxieux, Tom la vit bientôt refaire surface, ballottée comme un joyeux petit navire à la merci des vagues.

Quelle direction le message allait-il prendre? La bouteille sembla d'abord hésitante, puis un mystérieux courant l'entraîna vers le sud. Tom croisa les doigts en lui souhaitant bon voyage. Il retourna ensuite vers le chalet. Il se sentait un peu mieux.

Les coups de marteau résonnaient toujours. Ne voulant pas se retrouver seul avec B.X. dans le chalet, Tom se dirigea vers le hangar et entra.

— Allô! lança-t-il à Red qui se trouvait sur une échelle, en train de réparer une traverse de bois.

— Salut, mon gars! répondit-il en souriant. Et la pêche?

— J'ai attrapé six brochets, mais je les ai rejetés. Trop petits.

— Si je compte bien, dit Red, cela fait cinquante-quatre brochets imaginaires cette semaine. Tu bats mon propre record, mon jeune.

Tom alla s'asseoir au bout du quai. Ses pieds se balançaient au-dessus de l'eau.

— Je m'ennuie, dit-il enfin.

— Une partie de dames? proposa Red. J'ai presque fini, là.

— Non. Vous gagnez tout le temps.

Red descendit de l'échelle et alla trouver Tom.

— Je m'ennuie aussi, tu sais.

Tom regarda l'homme en face.

— Pourquoi êtes-vous devenu un criminel?

— Aucune idée, répondit Red en haussant les épaules.

— Mais, insista Tom, il doit bien y avoir une raison.

— Peut-être pour les sensations fortes... comme dans le train, quand tu as chambardé mes plans. C'était excitant de m'en sortir sans me faire prendre.

— Mais cela aurait pu mal tourner. Si l'employé s'était défendu, il aurait fallu le tuer, non?

Red ne répondit pas. Il regardait l'eau clapoter contre les piliers du hangar.

— Vous avez déjà tué quelqu'un?

— Évidemment, mon petit.

Tom doutait que cet homme dise la vérité.

— Je ne vous crois pas, dit-il finalement.

— Tu sais, commença calmement Red, en Saskatchewan, il y un endroit qui s'appelle Moose Jaw. Il y a trois ans, j'y ai braqué une banque. En sortant de l'édifice, une autopatrouille est arrivée et une femme de la Gendarmerie royale du Canada en est sortie, l'arme au poing. Je lui ai tiré une balle entre les deux yeux.

Tom se sentit tout à coup très mal. Il aurait voulu détourner le regard, mais ses yeux n'arrivaient pas à se détacher du visage de Red.

— Tu vois, mon petit, c'est comme un jeu. Vous autres, les jeunes, vous jouez aux policiers et aux voleurs, pas vrai? Eh bien, il arrive que certaines personnes continuent à jouer jusqu'à l'âge adulte, voilà tout. Ton père, lui, il a décidé de continuer à jouer au policier. Et moi, au voleur... comme quand on était petits.

— Oui, mais nous, on ne s'entre-tue pas!

— La femme allait tirer sur moi. Je devais être plus rapide.

— Elle avait peut-être des enfants.

— Et alors? Personne ne l'a forcée à devenir policière. Se faire tuer fait partie du jeu qu'elle a choisi.

Tom fit silence. Maintenant il savait ce que cachait le sourire de Red.

— Et alors, cette partie de dames? fit Red. Je vais te donner un avantage de deux dames.

— Non, merci, murmura Tom.

— T'en fais pas, mon petit. La vie est dure, c'est tout. Allez, viens, on va faire une partie.

— Non, répéta Tom. Je vous aime plus.

— Mais pourquoi? demanda Red dont le visage venait de changer subitement. Je t'aime bien, moi. Tu es un bon gars. On a joué aux dames ensemble. Je t'ai montré à pêcher. C'est pas ma faute si tu n'attrapes rien.

— Vous tuez les gens, dit Tom, les larmes aux yeux. Tuer est la chose la plus horrible que je puisse imaginer.

— Ah! je vois.

Red resta silencieux un moment. Il secouait la tête.

— Tu as de la chance d'avoir onze ans. Tu veux savoir pourquoi je dis ça?... Parce que ton avenir est tout grand ouvert. Tout est encore possible pour toi. Tu n'as pas encore fait de fautes graves. Si je pouvais revivre ma jeunesse, tout se déroulerait bien différemment.

L'homme fit un signe en direction de la porte.

— Allez, va-t'en. Je suis fatigué.

Tom sortit et le soleil l'aveugla. Souhaitant n'avoir jamais questionné Red sur sa vie, il emprunta de nouveau le sentier vers le grand rocher. Il vit la canne à pêche. Aussitôt il s'en saisit et la lança dans le lac où elle disparut sous l'eau.

Il resta assis sur le rocher jusqu'à la nuit. Dans sa tête tournait et tournait cette dernière conversation avec Red dans le hangar à bateaux. Tout à coup, il espéra entendre des pas, derrière lui, dans la forêt. Il souhaitait que Red vienne lui dire que rien n'était vrai, qu'il avait tout inventé. Mais le garçon se rappela l'expression de l'homme alors qu'il racontait comment il avait tué la femme de la Gendarmerie. Il disait malheureusement la vérité.

Finalement, fatigué et affamé, Tom retourna au chalet. Une lampe au kérosène brûlait, jetant sur les murs de bois une douce lumière jaunâtre qui rendait le chalet plus accueillant.

Comme toujours, B.X. sculptait sans conviction de vieux morceaux de bois avec son couteau de chasse.

— Regarde qui arrive, dit-il d'une voix amère.

— Salut, le jeune, lança Red qui se leva de sa chaise pour se rendre au poêle à bois. Tu veux grignoter quelque chose?

Tom observait le sourire de l'homme. Comment cet assassin pouvait-il être si souriant?

— Du jambon, des œufs et des patates rôties? proposa Red. Quelques beignets et du café? Qu'en penses-tu, mon jeune?

— D'accord, ça devrait aller, répondit calmement Tom.

Le garçon prit place à table. Le beurre grésillait dans la poêle. Red ouvrit la portière du poêle, en dessous, et ajouta quelques bûches. La tête basse, Tom dessinait sur la table des formes imaginaires avec ses doigts. Il n'avait pas vraiment faim, mais quand Red lui apporta son plat, il se força à manger. Il n'avait pas envie d'irriter ce tueur.

Le lendemain matin, Tom se réveilla très tôt. Dans son sac de couchage, il se sentait triste. Il se leva, s'habilla et sortit.

L'air frais du matin le rasséréna. Quittant la clairière, il s'engagea dans le sentier, s'imaginant déjà en train d'attraper quelque brochet. Mais il se rappela soudain que la canne à pêche se trouvait au fond du lac... il s'arrêta. La déception lui noua le ventre. Il fallait qu'il quitte cette île.

Et la bouteille?

Quand il atteignit la rive, Tom s'immobilisa devant la beauté du lac. Il regarda vers le sud, espérant voir venir du secours.

Une nappe de fine vapeur flottait à la surface de l'eau. Le soleil se levait. Majestueux et rouge, il cherchait à percer le brouillard du matin. Au loin, un oiseau appelait. Tom descendit vers la berge...

Se balançant au rythme des vaguelettes, une bouteille était à demi échouée. Tom courut la ramasser. Sous ses doigts anxieux, le bouchon fit pffffť! et libéra un morceau de papier humide. L'encre avait pâli, mais le garçon put quand même lire qu'un certain Tom Biondi se trouvait prisonnier sur une petite île, avec un chalet et un hangar à bateaux.

Pris d'une soudaine colère, Tom lança la bouteille le plus loin qu'il put... vers le soleil levant. Il y eut un plouf! lointain qui brisa le charme de cette aube magnifique. Tom était bel et bien coincé sur cette île, seul avec deux criminels dont l'un était un tueur et l'autre... probablement pire.

Pourquoi ne pas nager?

Il renonça vite à ce projet fou. Le lac était beaucoup trop large... et l'eau... tellement froide. Que faire alors?

Ne restait qu'une possibilité. Avant, l'idée lui avait semblé trop cruelle pour Red, mais maintenant qu'il connaissait l'homme, cela n'avait plus d'importance.

Arpentant la berge, Tom mit au point son plan. C'était risqué, mais il devait fuir cet endroit.

Le garçon revint au chalet. Il ouvrit doucement la porte, espérant que les deux hommes soient encore endormis dans leur couchette. Il écouta leur respiration. Elle était profonde et régulière.

Sur la pointe des pieds, il alla prendre la lampe, puis des allumettes et un bidon de pétrole.

Ensuite, le garçon revint vers son rocher qui se trouvait dans la partie la plus étroite de l'île. De là, il traversa le bois en répandant du kérosène, coupant ainsi l'île en deux.

Tom jeta ensuite un coup d'œil en direction d'un bateau de plaisance ancré le long d'une rive lointaine. Apparemment, personne à bord ne semblait levé. Mais Tom ne pouvait plus attendre. Il craqua une allumette et la jeta dans le kérosène. Cela fit pouf! et l'essence s'enflamma. Le feu courut le long du liquide répandu et attaqua le bois sec qui traînait partout.

Tom recula, surpris par la fureur de l'incendie qu'il venait de provoquer. Les flammes, en quelques secondes, avaient divisé l'île en deux. Le bois craquait sous la chaleur. Le feu s'élevait, sautait d'une branche à l'autre, s'attaquait aux plus grands arbres.

La chaleur brûlait le visage de Tom qui aurait bien voulu que le feu retourne dans l'allumette. Pour se protéger, le garçon dut grimper sur le pic rocheux. Il pouvait voir l'épaisse fumée blanche et noire qui s'élevait en tourbillonnant dans le ciel du matin.

Personne n'était encore apparu sur le bateau de plaisance. Les idiots! Le feu rugissait maintenant dans les branches les plus hautes de l'île. Comment avait-il pu s'élever si vite? L'île était scindée en deux et déjà les flammes gagnaient du terrain dans les deux sens... vers le sud, et vers le nord... où se trouvait le chalet.

— Red! criait Tom. Red! B.X.! Attention!

Tom hurla tant qu'il put, mais il comprit bien vite que c'était inutile. Ses appels étaient emportés comme la fumée de l'incendie. Et la chaleur devenait insupportable. Il sauta du pic rocheux et se retrouva sur la berge, en sueur.

Sur le lac, il crut voir un bateau de course qui filait vers lui.

Tom se frotta les yeux et vérifia s'il avait

bien vu. Oui! un bateau approchait de son île! Agitant très haut les bras, Tom avança dans le lac. L'eau lui arrivait à la ceinture. Il se retourna vers le feu qui grondait. Il reprit ses signes avec plus d'ardeur. Un homme sur le bateau lui répondit en levant un bras. Dans les oreilles de Tom, le bruit du moteur se confondait maintenant avec celui de l'incendie.

— Au secours! criait Tom en s'enfonçant plus avant dans le lac.

Autour de lui, les vagues reflétaient la couleur orangée des flammes qui s'élevaient au-dessus de l'île. Le bateau ralentit. Deux hommes se trouvaient à bord, dont l'un encore en pyjama. Celui-ci aida Tom à monter pendant que l'autre manœuvrait pour s'éloigner de l'île en feu.

— Il y a deux hommes sur l'île, lança Tom. De l'autre côté! Du côté du chalet! Vite!

L'homme au volant poussa la manette d'accélération.

— Qu'est-il arrivé? demanda-t-il au garçon. Quelle est la cause de cet incendie?

— C'est moi, la cause. Ces hommes sont des criminels. Ils m'ont kidnappé. Ils ont aussi enlevé Diane Dorchester.

— Tu es un des deux enfants kidnappés?

— Oui, répliqua Tom. Mais d'abord, il faut attraper Red et B.X. Ils ont un revolver.

Les deux hommes se regardèrent.

— C'est vrai, expliqua Tom. Ils me gardaient prisonnier.

— Tu es sûr? demanda l'homme en pyjama. Ils ont vraiment une arme?

— Oui.

— O.K.

L'homme se dirigea vers la proue. Tom appréciait la fraîcheur du vent sur son visage alors que le bateau fendait l'eau. Il contempla l'incendie qu'il venait de provoquer. Il baissa la tête. Au moins, lui, il se trouvait en sécurité.

— Dis-moi, mon gars, ce sont eux là-bas?

Red et B.X. se tenaient debout sur le petit quai devant le chalet. Ils criaient et faisaient de grands signes. Tom comprit pourquoi ils ne s'étaient pas enfuis. L'abri à bateaux était la proie des flammes!

Prudemment, le bateau s'approcha à une distance respectable du quai. La peur se lisait sur les traits des deux criminels.

— À l'aide! criait Red.

— Au secours! hurlait B.X.

Les flammes progressaient vers le quai où ils se trouvaient. Le conducteur du bateau plaça ses mains en porte-voix et cria:

— Déposez votre arme au bout du quai. Puis reculez.

— Quelle arme? demanda Red en montrant ses mains vides. Nous n'avons pas d'arme. Venez nous sortir de là!

— Déposez votre arme! répéta le conducteur. Puis reculez vers le milieu du quai!

La sueur perlait sur le visage de B.X. Il se tourna vers Red et lui dit quelque chose, tout en montrant le feu qui progressait.

— Comme vous voulez, lança le conducteur du bateau en faisant mine de s'en aller. Vous allez faire deux superbes frites.

— Arrêtez! lança B.X.

Il saisit Red par la chemise. Pendant une seconde, Tom crut qu'il allait le jeter à l'eau. Mais Red s'arracha de la prise de B.X. et se retourna vers le bateau.

— O.K., lança-t-il. Vous gagnez! Mais faites vite!

Il y eut un bref silence pendant lequel Red regarda Tom. Le bandit glissa alors sa main sous son veston et en sortit le revolver noir. Il le déposa au bout du quai. Enfin, il alla rejoindre B.X. qui se tenait déjà au milieu du quai. Le conducteur fit accoster le bateau. L'homme en pyjama ramassa le revolver. Sous la menace de l'arme, Red et B.X. s'avancèrent et sautèrent dans l'embarcation.

— Et pas de mauvais tours! avertit l'homme en pyjama qui pointait le revolver vers les deux bandits.

— T'inquiète pas, le pyjama, lança Red. On bouge pas.

En se tournant, il fit un clin d'œil en direction de Tom.

— Eh bien, le jeune, je dois avouer... aux policiers et aux voleurs, que tu es le meilleur!

Tom ne sourit pas.

Ce compliment ne lui faisait aucunement plaisir.

CHAPITRE 10

Malgré l'arrestation de Red et de B.X., l'affaire ne pouvait être classée. L'homme à la cagoule était toujours en liberté, Diane manquait encore à l'appel et la police n'avait pu mettre la main sur le mystérieux kidnappeur connu par les initiales A.L.

Alimentés par les pluies torrentielles, les deux fleuves de la ville étaient gonflés au maximum. Malgré les milliers de sacs de sable qu'on avait disposés le long des rives, l'inondation menaçait. On avait fait évacuer certains quartiers de Winnipeg. Personne ne devait rester dans les environs…

Mais Tom ne voulait pas rater le spectacle. La curiosité mais aussi l'attrait pour ce qui est défendu l'avaient d'abord attiré là. Une intuition aussi… Dans sa nature, quoi.

Trempé jusqu'aux os, Tom arpentait une rue bordée de maisons abandonnées. Il emprunta ensuite l'avenue qui menait directement au fleuve Assiniboine. Au bout de l'avenue, Tom se retrouva devant un pont à demi submergé par les eaux tumultueuses. Des sacs de sable avaient été empilés, coupant l'accès au pont menacé.

Un vacarme infernal emplissait l'atmosphère. Les poutrelles d'acier du pont ployaient sous la pression de l'eau. Si le pont cédait, cela créerait une brèche. Le fleuve s'y engouffrerait et inonderait les rues des alentours.

Le quartier évacué offrait une scène d'un autre monde: vitrines barricadées à l'aide de grandes feuilles de contreplaqué, édifices sans aucun éclairage, rues vides. Aucune automobile… Personne!

Soudain, au loin, apparurent des phares allumés. Instinctivement, Tom se cacha derrière une poubelle. Une automobile approchait sous la pluie battante.

Le véhicule s'immobilisa devant un vieil immeuble et monsieur Stones en descendit. Le professeur transportait une boîte de pizza. Il s'engouffra dans l'édifice et disparut dans l'obscurité.

Une autre paire de phares perça le rideau de pluie. Cette fois, c'était une auto-patrouille qui fonçait à vive allure. Elle vint s'immobiliser au bord du trottoir. L'agent Larson en descendit et pénétra dans le même édifice. Que se passait-il?

Tom courut sous la pluie froide. Il s'approcha de la porte de l'immeuble. Elle était ouverte. Il entra et se retrouva dans un grand hall garni de vieux meubles. Sur le mur étaient alignées des boîtes aux lettres.

L'ascenseur ne vint pas quand Tom l'appela. Le garçon ouvrit une porte adjacente. Un escalier!

La main sur le garde-fou glacé, Tom gravit lentement les marches. Aucun son ne lui parvenait, sauf celui de la pluie qui fouettait l'édifice et du pont qui résistait aux assauts du fleuve déchaîné.

Tout à coup, il entendit des voix.

Achevant son ascension, Tom pénétra dans un couloir sombre. Une faible lumière se glissait sous la porte d'un appartement. Osant à peine respirer, le garçon s'approcha. Il put distinguer clairement les voix de l'agent Larson et de monsieur Stones.

— Où est-il? demanda le professeur dont la voix rauque fit frissonner Tom. Il est en retard!

— Calme-toi, répliqua Larson. Dans quelques minutes, nous serons riches. Mais n'oublie pas qu'il faudra partager avec Red et B.X.

— Votre argent ne m'intéresse pas, lança monsieur Stones. Je veux la paix de l'esprit, voilà tout. Je veux me libérer des menaces que vous faites peser sur ma famille. Je veux que Diane retourne chez elle. Je veux retrouver une vie normale!

— N'y compte pas! dit l'agent Larson. Je te conseillerais plutôt de te trouver une nouvelle planque et une autre identité. En tout cas, moi, c'est ce que je vais faire.

— J'ai été forcé de participer à votre plan. Ma famille était menacée.

— Cesse de te plaindre. Je l'ai déjà entendu, ton roman.

— Mais pourquoi avez-vous fait ça? Pourquoi?

— Pour l'argent, qu'est-ce que tu crois? Ma chance, c'est quand mon enquête m'a conduit vers Red. Je l'ai forcé à m'inclure dans son plan. Sinon, je le dénonçais. Pour moi, c'est la fortune à vie.

Tom notait tout dans sa mémoire. Il savait aussi qu'il devait appeler à l'aide au plus vite. Il recula de quelques pas, afin de s'éloigner de la porte. Soudain, il resta figé sur place...

Quelqu'un montait les escaliers.

Le garçon chercha un moyen de se cacher. Il s'écrasa contre le mur, à l'écoute des pas qui faisaient craquer les marches. Alors un homme apparut, portant un chapeau et un manteau de luxe... Monsieur Dorchester!

Tom fut si heureux de voir le père de Diane qu'il bondit au milieu du couloir, un sourire illuminant sa figure. Mais cette subite apparition étonna tellement l'homme qu'il ne put contenir un cri de surprise.

Immédiatement, la porte de l'appartement s'ouvrit. Éclairé faiblement par la lumière orangée d'une chandelle, l'agent Larson se tenait dans l'ouverture, l'arme au poing.

— Tom Biondi! Encore! J'aurais dû m'en douter. Approche un peu. Et toi, Dorchester, apporte la rançon. Allez, grouille!

Le cœur battant, Tom entra dans la pièce. Il pouvait voir le pont, dehors, qui ployait de plus en plus sous la formidable poussée de l'eau. Monsieur Stones était assis sur un sofa décrépit. Tom se retourna et vit le regard étonné de Diane. Sur le comptoir derrière lequel elle se tenait, une pointe de pizza fumait.

— Tom! s'écria-t-elle.

Diane s'élança vers son ami, les bras grands ouverts. Elle le serra dans ses bras. Et là, elle aperçut son père. Elle courut l'embrasser à son tour. Le visage de la jeune fille était pâle. Elle avait les joues creuses.

— Pourquoi avez-vous fait ça? demanda Tom en s'adressant à son professeur.

— Ils menaçaient ma famille. Pour le kidnapping, Diane devait connaître le conducteur de la fourgonnette. Red et B.X. se tenaient cachés à l'arrière. Ils ont drogué Diane et l'ont amenée dans cet appartement qu'ils avaient loué.

— Quand ils ont fait monter Diane ici, personne ne l'a vue?

— On l'avait assise dans un fauteuil roulant, avec une perruque grise et un châle. Elle ressemblait à n'importe quelle grand-mère profondément endormie.

Monsieur Stones se tourna alors vers Diane.

— Il faut me pardonner.

— Vous n'aviez pas le choix, dit Diane.

Pendant ce temps, monsieur Dorchester tendait une petite valise à Larson.

— Voici votre argent. Tout est là, en petites

coupures. Vous pouvez compter, mais je suis un homme de parole.

Tom se dirigea vers la cuisine.

— Est-ce qu'on peut avoir un peu de pizza? demanda-t-il à l'agent.

— Toute la pizza que tu veux, mon petit, répondit-il distraitement, tout en vérifiant le contenu de la petite valise.

Enfin il la referma et annonça:

— Demain, je serai sous les tropiques, sur une plage, profitant de ma retraite anticipée de la police. Je détestais tellement saluer les officiers arrogants... comme le père de Tom justement.

Tom sortit alors de la cuisine, un morceau de pizza à la main. Dans l'autre main, il tenait une chandelle allumée. Le voyant approcher, l'agent Larson pointa son arme vers lui.

— Toi, tu restes tranquille!

Tom continua à avancer en tendant la part de pizza au policier. L'homme chercha à la repousser. Alors le garçon fouetta l'air avec la chandelle et la cire brûlante gicla sur la main et le visage de Larson. Criant de douleur, il laissa échapper son arme.

— Ramassez-la! cria Tom en donnant un coup de pied sur le revolver qui glissa vers monsieur Stones.

L'agent Larson saisit alors la petite valise, fonça vers la porte et disparut. Déjà il dévalait l'escalier en lançant:

— Salut, tout le monde!

C'est alors que tout l'édifice fut secoué. Le pont venait de céder! Une irrépressible vague d'eau brune s'engouffra aussitôt dans une brèche de la digue et déferla dans la rue, en direction de l'édifice.

— Prenez le revolver! cria Tom à monsieur Stones.

La structure du vieil édifice geignit sous la pression des flots venant de l'atteindre à la base. En ouvrant la porte menant aux escaliers, Tom vit l'eau qui grondait plus bas. L'agent Larson, étreignant toujours la petite valise, ne pouvait rien faire devant toute cette eau sale qui lui bloquait le chemin. Il dut se résoudre à remonter les marches. Voyant son propre revolver pointé sur lui, il tendit piteusement la valise au père de Diane.

— Je me rends, fit-il faiblement.

— Le fleuve recouvre toutes les voitures, fit remarquer Tom. Mais un bateau-patrouille approche! On va faire signe aux policiers.

Monsieur Dorchester serra sa fille encore une fois.

— Je suis tellement heureux de te retrouver saine et sauve, ma chérie. Ta mère va être si heureuse. Tu nous as tellement manqué.

— Tom a été formidable, vous ne trouvez pas? Sans lui on aurait tous été tués.

Elle souriait. Fier de lui, Tom devint rouge comme un piment.

L'humilité n'était guère dans sa nature.

CHAPITRE 11

Peu à peu, le fleuve avait regagné son lit. Le retour de Diane fut accueilli par la population comme une magnifique nouvelle. À la une, les journaux titraient: *HÉROS DE L'ANNÉE* et présentaient une grande photo de la mine satisfaite de Tom Biondi.

Encore marquée par sa pénible épreuve, Diane poursuivait sa convalescence à l'hôpital. Quand Tom vint la visiter pour la première fois, la chambre était bondée. Les journalistes de plusieurs médias se trouvaient là, avec les médecins et les infirmières, les parents de Diane, et même quelques patients venus des chambres voisines. En entrant, Tom sentit tous les yeux se tourner vers lui. On se demandait ce que Diane et lui allaient déclarer. Finalement, il ne prononcèrent pas un mot. Sachant qu'ils pourraient parler en paix quand tout le monde se serait retiré, ils échangèrent simplement un sourire d'amitié.

La photographe d'un journal demanda à Tom de passer son bras autour des épaules de Diane et de faire un beau sourire.

Le jour suivant, la photo illustrait en première page du journal un article annonçant le rétablissement de la jeune fille.

Quelques jours plus tard, Tom eut la surprise de recevoir par la poste une enveloppe sur laquelle était inscrit: «*Tom Biondi, c/o City Police*, Winnipeg, Manitoba». Une Québécoise y avait inclus une photographie découpée dans *Le Journal de Montréal*, et une lettre exprimant toute son admiration pour l'extraordinaire garçon qu'il devait être. Dans une autre lettre, Tom reçut même une demande en mariage d'une jeune fille de la Nouvelle-Orléans.

Chaque soir, après le souper, la famille garnissait l'album de souvenirs de nouvelles coupures de journaux et de lettres d'admirateurs... et d'admiratrices.

— Ça devient ridicule, marmonna Jessica en collant une immense coupure venue d'Écosse. Mon frère n'est pas un si grand héros. Moi aussi, je pourrais devenir détective et mener des enquêtes. Je parie même que je trouverais ça plutôt facile.

Tom éclata de rire.

— Tu sais, Jessie, ça exige le cerveau supérieur d'un rouquin.

Les yeux noirs de Jessica étudièrent le visage de Tom.

— Tu me mets au défi, frérot? Je commence dès maintenant à me chercher des clients.

Avant de reprendre son cours normal, la vie à l'école Queenston fut marquée par un événement spécial. À la fin de mai, Tom et ses amis décorèrent leur classe de deux banderoles: «Journée des jeunes» et «Bienvenue parmi nous, Diane».

Cela faisait du bien de voir Diane de retour. Elle bavardait joyeusement avec monsieur Stones. L'enseignant n'avait pas été accusé de kidnapping à cause des menaces qu'avait fait peser Red sur sa famille. La famille Dorchester avait insisté auprès des autorités pour que monsieur Stones reprenne son travail à l'école.

Cette deuxième célébration se déroula fort bien. D'énormes quantités de crème glacée et de limonade y furent consommées. Pete Tyler discuta même quelques minutes avec Tom.

— À cause de mon passé judiciaire, expliquait-il, j'ai toujours détesté qu'on prenne ma photo. Les appareils photo m'ont toujours déprimé, surtout depuis qu'on m'a photographié au poste de police... de face et de profil.

— Tu as déjà kidnappé quelqu'un? demanda Tom. Je me demandais si tu n'étais pas celui qui se cachait sous la cagoule de ski.

Pete secoua la tête.

— Quand j'étais jeune, je volais des autos pour m'amuser. Ça m'a conduit derrière les barreaux. Un casier judiciaire rend la vie difficile, tu sais. Aujourd'hui, je suis chanceux d'avoir ce travail.

Après avoir parlé à tout le monde, Tom put enfin s'entretenir avec monsieur Stones.

— J'aurais dû deviner que c'était vous qui nourrissiez Diane. Je vous ai vu avec un reçu de *Pizza parfaite* et je sais que la pizza vous donne des brûlures d'estomac. Cette nourriture devait être destinée à quelqu'un d'autre et nous savons tous que Diane adore la pizza.

Tom sourit.

— Et vous avez fait une autre erreur, monsieur. Rappelez-vous, dans le bureau du directeur, quand je parlais du kidnapping de Diane. Je n'ai jamais dit que la fourgonnette était brune et vous, plus tard, dans la classe, vous avez mentionné sa couleur. Comme dirait Red, vous n'êtes pas très fort au jeu des policiers et des voleurs.

— Ce n'est pas un jeu, Tom, tu le sais bien. Mais je me réjouis. Tout le monde s'en est bien sorti. C'est ça, l'important.

Tom s'approcha de Gérald Logan.

— Voilà les deux poèmes que je t'avais promis. Je me suis surpassé. Tu vas faire tomber toutes les filles. Tu devrais me payer pour ça.

— Oublie ça, Biondi, lança Gérald en arrachant les feuilles des mains de Tom. Sauter de la passerelle dans l'entrepôt, ça a été la pire expérience de ma vie. Je mérite cent fois ces poèmes.

Gérald se dirigea ensuite vers Amanda Whitman qui se tenait seule près de la fenêtre. Elle sirotait une limonade...

Le soleil luisait dans ses cheveux sombres pendant qu'elle lisait les poèmes. Devant ce spectacle charmant, Tom se prit à regretter de ne pas avoir donné lui-même les poèmes... à quelqu'un d'autre.

Mais il était trop tard maintenant.

Monsieur Nicholson se présenta en classe et fit venir Tom à ses côtés.

— Il me fait plaisir de vous présenter le nouveau responsable de la brigade scolaire... Tom Biondi!

Tout le monde applaudit pendant que Tom recevait son dossard de brigadier en chef.

— Je te prédis un brillant avenir de détective, ajouta le directeur. Peut-être, un jour, écriras-tu tes aventures...

À ces mots, Tom se gonfla d'orgueil. Puis, un peu plus calme, il dit:

— Si j'écris cette aventure, je l'intitulerai *Double enlèvement*.

Après le départ du directeur, Diane vint trouver Tom.

— Félicitations, Tom. Tu es très beau avec le dossard.

— Vraiment? dit Tom en rougissant.

— Oui, sourit Diane. J'ai hâte de traverser à ton intersection après l'école. Et puis, tu pourrais m'écrire un poème. Il paraît que tu as du talent pour la poésie.

Elle posa un baiser sur sa joue.

— Tu es mon héros, Tom.

Ce baiser fut le plus beau moment de sa vie.

UN MOT SUR L'AUTEUR

À l'âge de douze ans, Eric Wilson habitait Winnipeg où souvent il s'amusait à filer les gens qui avaient l'air louches, dans l'espoir d'exposer au grand jour un complot ou un quelconque acte criminel. Pour Eric Wilson, maintenant un des auteurs pour jeunes les plus populaires du Canada, ces pérégrinations enfantines n'étaient que les premiers pas vers une carrière d'écrivain consacrée aux livres d'aventures.

L'imagination débordante d'Eric Wilson, qui réside aujourd'hui en Colombie-Britannique, nous plonge sans cesse au cœur d'intrigues remplies de suspense. Ses deux héros, Tom et Jessica, sont frère et sœur. Et ce jeune duo de détectives nous fait vivre des moments palpitants! Leurs aventures nous tiennent constamment en haleine avec des dénouements inattendus.

Des romans époustouflants! Voilà pourquoi Tom et Jessica Biondi sont si populaires auprès des lecteurs et des lectrices de tout âge, même au-delà de nos frontières.

Les aventures de Tom et Jessica

1. Prise d'otages à Disneyland

2. Double enlèvement

6. Le kidnappeur des montagnes (À paraître)

LES AVENTURES DES JUMEAUX GÉNIAUX

3. Dans les crocs du tyran

4. Le secret du coffre au pélican

5. Panique dans la ménagerie (À paraître)

Les aventures de Tom et Jessica

N° 1

Une visite à Disneyland! Le rêve de Jessica Biondi (Jessie pour les intimes) va enfin se réaliser… Mais le rêve se transforme vite en cauchemar. La rencontre d'une nouvelle amie, Serena, entraîne la jeune Jessie dans une prise d'otages menée par le dangereux Dragon. Prisonnière à Disneyland, Jessie aura à affronter un complot d'une envergure telle qu'il lui faudra déployer tout son courage et toute son intelligence pour en sortir victorieuse.

LES AVENTURES DES JUMEAUX GÉNIAUX

N° 3

Enlevés et séquestrés par un directeur d'école secondaire aux sombres desseins, égarés dans une forêt noire et touffue, pourchassés par des chiens terrifiants, Noémie et Colin devront utiliser toutes les ressources de leur imagination pour affronter courageusement leur destin sans perdre la boussole! Parviendront-ils à déjouer les plans de ce fou dangereux?

LES AVENTURES DES JUMEAUX GÉNIAUX

N° 4

Noémie et Colin font la découverte d'un coffre bien mystérieux. Avant même qu'ils ne parviennent à en découvrir ses secrets, le précieux coffre disparaît. Enquête, poursuite et chasse au criminel commencent! Des êtres bizarres surgissent de partout. Ennemis ou amis? Les jumeaux sont prêts à tout pour retrouver leur coffre mais réussiront-ils? Et que peut bien contenir ce fameux coffre?

ACHEVÉ D'IMPRIMER
EN FÉVRIER 1997
SUR LES PRESSES DE
PAYETTE & SIMMS INC.
À SAINT-LAMBERT (Québec)